创造自我

七十年代生人的文学选择

岳雯 著

上海文艺出版社

目录

漂浮在叙述之流上的"个人"——"七十年代生人"观察　1

~ 上编 ~

创造自我——李娟论　19
未知死，焉知生——鲁敏论　46
"莽林"与"神迹"——金仁顺论　78
确认那些我们不曾察觉的部分——黄咏梅论　95

~ 下编 ~

"那条漆黑的路走到了头"——石一枫《借命而生》　119
未来已至——李宏伟《国王与抒情诗》　139
不惹尘埃的美摇摇晃晃——葛亮《北鸢》　160
拘谨的热望，或混沌的正义——滕肖澜《心居》　177
重新想象世界格局与区域地图——闻人悦阅《琥珀》　191
尝试理解一个时代——路内《雾行者》　206

漂浮在叙述之流上的"个人"

——"七十年代生人"观察

普鲁斯特在《驳圣伯夫》中说:"在同一代人中出现的作家有同类别的,同流派的,同灵感的,同阶层的,同状况的,他们几乎以相同的方式执笔描述相同的东西,每人加添专属于自己的独特花边……"这似乎是真的。无论我们同意与否,时代,都在以它所特有的方式,赋予一代人以共同的精神背景与思想感情,再敦令他们以大致相同的方式记下这一切。那么,对于七十年代出生的这一批作家,该如何界定普鲁斯特所说的"相同的东西"呢?这一"相同的东西"又是如何逐渐渗透并改变着当下文学的面貌的?这些问题不能不引起我们的思考。

我以为,对于这个问题的回答,在批评界共识大于分歧。李敬泽在1998年的文章《穿越沉默》中提示了若干进入这一代人写作路径的关键词——比如"历史""父亲"——并在随后的十五年里被评论者们以不同的方式涉及，仿佛回音壁一般，发出缕缕不绝的回响。这固然验证了批评者的远见卓识，但是另一方面也证明了七十年代生人的变化并非如我们想象的那么大。当然，这也不是绝对的。考察七十年代生人的创作实践就会发现，作为他们"文本的芯子"的"个人"，其实质并未发生根本性的变化，但是，在叙述策略上，"个人"不断地"旧貌换新颜"。

一

"个人"起初在七十年代生人的文本中露面时是生机勃勃的，带着野孩子的鲁莽和激情，就连空气中也散发着荷尔蒙过度分泌的气味。这在卫慧和棉棉以"美女作家"的姿态招摇过市时已表露无遗。此时的个人形象是鲜明的，还不像后来那样蒙着暧昧的光，具有较高的识别度。个人是孤独的，是狭小空间内封闭的"自我"。"我们都来自破碎家庭，我们的童年都极为阴暗，我们的书都念得不好，我们小时候都没什么孩子理我们，我们的哮喘病都差点要了我们的命，我们长大后都不愿过父母给我们安排好的生活，我们都没什么理想，不关心别人的生活，我们都有恋物癖。"棉棉的《糖》完整勾勒了"我们"的样子。"我们"是全球化、都市化在个人身上的投影，酒吧、派对等场景的出现将未来乌托邦对"我们"的允诺摧毁殆尽，一个平面化的现在被截留下来，成为无尽把玩的对象。还有孤独，如影随形，如梦如幻的孤独。此时，身体是个人最重要的盟友。身体的地位从来没有被抬到如此至高无上的地位。"我用身体检阅男人,用皮肤思考,试过了才知道这些统统不能令我得以解放。"这还是棉棉说的话,暗示出对身体所寄予的重大嘱托。结果也是可想而知的。身体的景观终究太炫目了,它吸引了人们(包括非文学读者)所有的注意,而将背后隐含的精神问题远远抛在身后。身体简化为肉体,欲望取代了自由与个性,在蔚为奇观的同时也取消了自身存在的合理性。从这个意义上说,卫慧、棉棉这一批"美女作家"随之销声匿迹也是情理之中了。虽然当时被目之为人性的堕落与道德的败坏,十多年过去了,现在的论者敏锐地发现了其中蕴含的先锋因素,认为"'身体'以其本体形象进入了文学,进入新都市生活,它成为一种政治学,以具有冲击力的美学形象揭开了沉默在中国文化深层的肉体,同时,也以其与新型消费文化极其暧昧的关系而进入到都市生活的内部逻辑。它含有青春文学的特点,却比'青春'的边界更大。在某种意义上,它们为当代文学开拓了新的叙事空间"。可以设想,倘若"身体化"的个人在面对历史新情境时成功地组织起了新的自我感受和自我体验的形式,开启了重构自我主体的道路,那么,七十年代生人将终止八十年代文化逻辑的支配,建造一个新的文学世界。惜乎消费主义的介入和写作者主体自身的匮乏并没有实现激动人心的变革,但并不能因此而否定卫慧、棉棉们的意义,她们为七十年代生人写作开辟的航道,并未因此而枯竭。对于有的人来说,身体意识由此深入肌理,隐藏在每一个小径分岔的路口,时时昭示出发时所受的深刻影响。魏微的早期作品就是如此。在《一个年龄的性意识》《乔治和一本书》《在明孝陵乘凉》等诸篇作品中，身体被层层包裹起来，再涂上欲望的颜色。魏微将这些个不同于精神、心灵的自我小心翼翼地召唤出来，又迅速隐藏到以乡村为名的传统文化中去。较之于棉棉们的激烈，魏微无疑要温婉、素朴许多。除去个人禀赋的差异之外，我并不以为卫慧们的试验于其无丝毫影响。无论魏微主观上如何与那"几个狂躁的、不谙世事的女作家"划清界限，客观上，对炫极一时的写作姿态的反拨确实为魏微的写作开辟了新的空间。对于有的人来说，身体迟早会从各种话语中杀出重围，以另一种姿态展现它自身。我说的是盛可以和冯唐。比较盛可以、冯唐与卫慧们的异同不是一件讨喜的事情，也并非本文的任务，但必须承认，在卫慧们打破身体的禁忌之后，后来者无论是否能让身体的触角伸入精神和存在的深处，至少获得了表达的自由。

这是后话，也是插话。在卫慧、棉棉所制造的"身体个人"之后，一批沉默的七十年代生人在悄悄浮出水面，显然，他们有着极为清醒的代际识别诉求。一条路走不通了，那么，掉过头来走另一条路。于是，"经验个人"由此蔚为大观。

二

所谓"经验"，并不单指写作者实际经历过的具体事情，其范围要广阔得多，还包括一个人的记忆与情感、想象与创造、阅读与思考，这些统统构成"经验"的一部分。王安忆反复强调的"实感经验",就是这个意思。于是,从个人成长记忆出发,叙写少年往事,就成为许多七十年代生人的选择。路内的几乎所有长篇小说,徐则臣的"花街"系列都可划归此类。坦白说,初次读到路内的处女作《少年巴比伦》,除了惊喜还有惊艳。九十年代工厂生活的单调、贫乏,成长中的躁动、困惑和对那么一点点理想之光的追求都在70后青年路小路对他的女友"80后"张小尹的讲述中熠熠生辉。回望总是带着些许伤感,这伤感混杂着诗意,完成了七十年代生人对少年记忆的塑形。路内大概也能想到,或早或晚,七十年代生人的青春时光——九十年代将会在这一代人的反复讲述中逐渐远离。他努力地用所有文字祭奠一段已经逝去的时光,所以就有了后来的《追随她的温暖旅程》《云中人》《花街往事》。就文学品质而言,当然也不差,只是当初打动我的那点滋味却仿佛蒸发了一样消失了。这倒不难理解。刚开始创作生涯的写作者往往会动用自己最熟悉、最有感觉的生活经验,因其醇厚,也很可能给阅读主体提供深层的安慰和感动。然而,经历总是有限的。倘若仅仅局限于经历本身,进入了审美领域的经验也会在不断重复中失去本雅明所说的"灵晕"而沦为庸常。徐则臣也是如此。徐则臣为人们所称道的大体是"京漂"系列而不是更为贴近少年记忆的故乡系列,这大概是因为"京漂"系列为当下文学提供了新的元素而故乡系列给人感觉过于熟稔了吧。在故乡系列里回荡着南方作家大致相同的生活经验,连文字感觉都那么像,这也一再证明了在旧辙中踏出新路是多么难。这不是路内、徐则臣个人的问题,而是七十年代生人所共

5

同面临的难题。

既然个人的感性经验不足以完全依傍,有写作者选择了在想象的原野大踏步迈进,无中生有,创造出一个理想的空中楼阁。鲁敏可算是一例。她的"东坝"系列温柔敦厚,洋溢着现代风险社会已然失落的善与温情。同魏微一样,乡土成为七十年代生人魂魄的归处。"这几年,可能正是一次又一次的回乡让我魂魄有动,我对乡土的传统情怀越来越珍重了,那来自苏北平原的贫瘠、圆通、谦卑、悲悯,那么弱小又那么宽大,如影随形,让我无法摆脱……每念及此,似有所悟。"这些"具有传统风味的小说,寄托了我心目中'温柔敦厚'的乡土情怀。""那片沉默寡言的土地上,有着狡黠、认命亦不乏趣味的人们,有着静海深流的情感与故事,有小谎言,小感伤,小爱情以及小小而珍贵的'善'。"鲁敏如是说。一个"小"字大抵击中了七十年代生人的关节之处。"大时代"是属于五十年代、六十年代生人的,革命、历史、社会等诸多宏大的命题在他们那里缭绕不去,必得通过字字句句以赋形,以寓言,以思考。历史感是个势利的家伙,他不肯轻易地放没有经过"大事件"烙印、没有切肤之痛的七十年代生人进来,他们只能在人情人性、世道人心之类的命题上做文章。人类最幽深、最复杂也是最缠绕的情感问题自然成了他们大显身手的领域。鲁敏被频频提及的一篇小说《逝者的恩泽》,就是绝佳的例子。简单地说,这篇小说讲的是同一个男人的两个女人情同姐妹的故事。在这里,道德的疑难被爱和善一一击破,本该是两个女人的战争演变成了和睦一家亲,似乎人性深处的嫉妒、怀疑、憎恨都在东坝这个地方化为了乌有，男人的缺席却如小说题目所说成了一种"恩泽"。鲁敏回避了她们为何能如此，只是用力描述如此这般的美好，某种程度上证明了论者所说的"对善与温情的一厢情愿的表现"。无独有偶，魏微也有一篇"同题作文"，叫《姊妹》。与鲁敏不同的是，魏微并不回避"妻"和"妾"之间可能存在的龃龉，甚至花了相当篇幅描述女性之间战争的惨烈。尽管如此，魏微与鲁敏也殊途同归，就像红嫂和青青接纳了古丽一样，在三爷死后，温姓三娘和黄姓三娘在彼此身上认出了自身，达成了和解。为什么七十年代出生的女作家们热衷于这一类故事呢？一种解读可从不证自明的女性主义立场入手，她们在文本中放逐男性，以求得女性自身的觉悟。不过，我猜作家本人恐怕更愿意从"温暖"叙事来读解。顺承八十年代的文学观念，既然要将自我从一切宏大叙事中摆脱出来，那么，与社会关系无关的私人生活变成了表现对象；既然文学要"纯之又纯"，那么，爱与善是疗治一切现代病的良方。同为七十年代生人的写作者李修文真诚的反思颇能验证这一点。他说："在当时，我竭力想要摆脱'精神'对我的束缚，竭力想要从'个人'走向'群众'，在此观念作用下，我认为古典叙事的传统应当在此一时代复活，应当重视的，不是'精神'，而应当是中国式的'人情世故'，尤其是，在一个道德崩坏初露端倪的年代里，发现爱，相信爱，其实就是发现和相信生命力，它是我们手足无措之时最能依仗的武器，也是我作为写作者试图在时代生活里喊出的些微妄念……"这大概能代表七十年代生人的一种信念。初衷如此，抵达的结果却并不尽如想象。对于盛行一时的"温暖"叙事，评论界显然有不同的声音。一种声音是为他们辩护，认为："生于七十年代的作家之所以呈现出今天这样的风格是时代与世事使然，当一个社会将经济生活确定为中心，当一个社会将财富视为个人价值的标志，当一个社会前所未有地将个人的生活质量如此看重，将个人的日常生活作为生命的确证，对一切形而上的主义充满了理解与宽容，我们又怎么能要求文学按照另一个风气完全不同的时期的方式来进行？"将七十年代生人之所以如此归结于时代，强调日常生活对于个人的意义，也不无道理。但是，一批同样生于七十年代的批评家则对此作出了严厉的责备，认为他们落入了主流意识形态与消费主义合谋的陷阱，是"世故"的表现，不满足于他们在作品中卸载了社会意识，更不满足于作为知识分子的生于七十年代作家的退场。这似乎也没错。然而，无论是辩护者还是挑战者，持守的都是二元论的思路，即个人性与公共性非此即彼，执着于"经验个人"的书写，势必会丧失公共性。文学的情势果真如此简单吗？恐怕未见得。我以为，个人性话语与公共性话语是缠绕在一起的，它不取决于选择什么题材，也不取决于作家的姿态，重要的是以什么样的方式书写个人生活。

不得不承认，"经验个人"的确立为小说带来新的元素：它使小说更贴近个人的日常生活经验；它对人性人情的开掘超出以往；它涌动的细节之流使小说真正成其为"小"……然而读得多了，也会生出倦怠之心。这些"经验个人"的面貌太相似了，话又说回来，在格式化生活的细细雕琢下，哪来那么多独异的个体呢？郜元宝先生的批评可谓切中肯綮。他说："一切都委诸个人，衡诸个人，这是个人的确立，也是个人的膨胀：个人承受无法承受的原本需要集体和时代来承受的问题，结果不仅把问题缩小，甚至根本拒绝了问题。与此同时，如此承受着的个体也将自身的真实性扭曲了，他们轻易地就成为解释一切理解一切处理一切承受一切的先知式的虚幻骄傲的个体。在这样的个体面前，人们固然不再按意识形态硬性规范设计，而是照个体一时感触筹划，生活因此不再是寓言，而是真实的细节的河流，但这条河流容易失去堤坝，四处流泻，无所归依。"这担心不无道理，失去了思想的骨架的支撑，个人生活无法"照亮"，造就了一批大同小异的"经验个人"。

这也逐渐为七十年代生人所发见。还是李修文，在检讨了自己以往的写作后说："一种小说范式在新时代里的局促与没落：在我们的古典叙事传统里，往往是从'人情'开始，最终目标却只能完成'世故'，它也在摆事实，讲道理，但它更像是一个集体发出的声音，并且早已有之，你的所谓发现，不过是变换了一种形式在宣讲尽人皆知的小常识，这便是古典叙事的致命痼疾——你首先就不能像奔流的河水般裹挟沿途的杂质，以此产生新的价值和意义，更遑论能以值得信任并且感同身受的事实进入今天人们的内心？"这个追问足够有力。如果我们抛开所谓的政教传统，站在接受美学的立场来考虑问题的话，那么，每一个写作者可能都得扪心自问，是不是所有的个人经验都可以进入审美？就算是，读者为什么需要对你的个人生活发生兴趣？

三

变化在悄悄地发生。

一条道路是以"自我"为桥梁，走向他人。从这个意义上说，乔叶的中篇小说《最慢的是活着》不仅成就了作为作家的乔叶，它更像是七十年代生人创作实践的一个"寓言"。如果说之前，"我"和祖母的关系是对峙、隔膜，那么，随着成长，逐渐走向了理解、体贴与和解。乔叶用细腻的笔触刻画了亲人之间微妙复杂的爱，代际之间的隔阂并非我们想象的那么大。就像乔叶所感悟到的："揭开那些形式的浅表，我和她的生活难道真的有什么本质不同吗？""可我越来越清楚地知道：我和她的真正间距从来就不是太宽。无论年龄，还是生死。如一条河，我在此，她在彼。我们构成了河的两岸。当她堤石坍塌顺流而下的时候，我也已经泅到对岸，自觉地站在了她的旧址上。我的新貌，在某种意义上，就是她的陈颜。我必须在她的根里成长，她必须在我的身体里复现，如同我和我的孩子，我的孩子和我孩子的孩子，所有人的孩子和所有人孩子的孩子。"这样的抒情语段如果用来理解自我和他人的关系，也是精准到位的。我们终于意识到，对他人的理解就变得无比重要，因为，从他人的镜像里，能清楚地映照出我们自身的样子。正因为如此，当魏微接连写下《李生记》《胡文青传》，李生，是特指，更是泛指，李生，是我们每一个人。魏微放弃了经营多年的女性主义的视角和叙述语调，开进了都市"小人物"的内心世界。她开始楔入她曾经感到茫然的历史，去寻找一个人的出处与来路，这努力很勇敢也很可贵。同时，这努力中还隐藏着巨大的野心。在对一个个"他者"塑形的过程中，魏微想要完成的是对时代的追问，即一个人成为什么样子，时代在多大程度上要为其负责。相比起魏微驾轻就熟的情感题材而言，难度不可谓不大：且不说在短篇有限的篇幅内如何依靠情节和细节而不是概述来叙写一个人漫长的一生，更遑论时代如何在一个人的生命褶皱中立此存照。因为是探索之作，不能说魏微处理得多么圆熟，字里行间还有刀劈斧凿的痕迹，但我以为，在这篇小说里，作家展示了和小说人物的"同一性"，即"自我"的变动不居与尚未完成。

怎么写和写什么向来是一体两面的问题，在走向他者这个问题上也是如此。乔叶的长篇《认罪书》的探索可资借鉴。我将其名为"说话的态度"。为了探求梅梅的秘密，金金选择了让所有与之相关的人开口说话。于是，被隐匿起来的真相就像拼图一样被一块块捡拾起来，在众声喧哗中拼出了一个答案。说吧，每个人都在滔滔不绝地说，他们需要通过语词完成倾诉，卸下重负。事实上，这部小说本身就是金金一个人的喃喃自语。然而，真理并不在语词间传递，恰恰相反，我们听到的是关于一件事情的多种说法，是悖谬、错乱。某种程度上，这传递了这部小说在"罪与罚"之下的另一个隐形主题，即叙述与记忆的不可靠性。说实话，这十分考验作家的功力。她不仅需要"因人塑声"——根据一个人的年龄、性别、籍贯、文化程度等多方面信息写出他要说的话，还得"闻声见人"——

根据一个人的说话反映他的性格、命运等。对此，乔叶显得游刃有余。事实上，在她写于同一时期的短篇小说《扇子的故事》，就完全是在"说话"中完成了所有的叙事。

作家鲁敏在去年发表的长篇小说《六人晚餐》里显示了大致相同的路径。她也选择了让六个人物依次讲述故事，于是，我们看到了同一故事的不同侧面，或者是故事的接续。有论者认为："六棱体的心灵化的叙述，使鲁敏得以越过人物的外部经历与故事，而完整地进入了历史和心灵的内部，得以叙述他们的心路历程，并展示他们彼此的依赖与冲突，以及他们血肉相连或休戚与共的性格与命运。"为什么会这样？我猜，一方面是因为70后作家们在耗尽了"讲述自我"的动力之后，对他人产生了深深的兴趣。他们需要在文字中尽可能地深入他人的世界——内心的和语词的，将自我与他人联结起来。这是一个成熟作家的必经之路，正如魏微所说的："我这些年，总觉得是与什么东西连起来了，大片大片的，使我知道，我不再是孤独的个体。"另一方面，近些年"非虚构"的盛行使口述体渐入人心，是否可为小说带来新的质地还在实验当中。

七十年代生人踏出的更为勇敢的一步是以正面强攻的方式直接进入历史，探询社会之所以这样而不是那样的历史成因。这方面，不能不提到的是魏微的另一部中篇小说《沿河村纪事》。这篇小说对当代中国历史进行寓言化加工的方式叫人想起了五六十年代出生的作家（有论者将它与王蒙的《坚硬的稀粥》、韩少功的《爸爸爸》相比较），体现了作家与意识形态和思想传统展开对话的能力。这个在现代化影响下逐渐打开自己的小山村，可不就是古老中国的隐喻。魏微在这部中篇小说里探讨许多宏大的命题，比如革命是如何生成的，权力话语与经济话语是如何共谋又是如何互相牵制的，比如知识分子在后革命中国扮演了什么样的角色等等。在戏谑化的叙述中，一个荒诞的嘈杂的中国历历在目。在这篇小说里，魏微摆脱了单一的叙述语调，多种声部交织在一起，有着雄浑、阔大的力量，一洗往昔小儿女的姿态。作者对于自己的这种变化是有自觉意识的，魏微反省说："一些更广大、阔朗的东西走进了我的眼睛里，那就是对自身之外的物事的关注，千头万绪，愈理愈乱。年轻时自以为很简单的问题，到了中年变得繁复无比。"由简入繁，是一种境界，再由繁入简，可能小说将会再上层楼，如果那时候还写小说的话。这可能是已然进入中年的七十年代生人所将面临的写作道路。

魏微的创作实践是否暗示我们：七十年代生人将告别"经验个人"，走向一个更宏阔更繁复的世界？恐怕也无法轻易断言。但至少有一点可以肯定，不满足于在小说中塑造"经验个体"的作家正在探索"叙事个体"的构建。这从一个侧面也证明了这一代人对于"怎么写"的热情要远远超过"写什么"。

四

80后作家张悦然与70后作家葛亮有一个对话，谈到了关于小说"叙述"的问题，颇值得参考。张悦然强调现在需要一个有魅力的叙述者，因为"人们实在读了太多小说，他们现在已经不能接受你云淡风轻娓娓道来",她认为"叙述者倒是可以跳出来,因为文本形式需要更灵活和自由。但是你要确保自己不讨厌,并且你有理由证明这些话和你的人物在一起,而不是脱离了他们"。相比之下,葛亮似乎更传统一些,他信任"故事",倾向于"叙事者的声音,是对读者的某种体恤、引导,或者提示"。事实上,七十年代生人乃至八十年代生人在小说中塑造的"叙事个人",越来越成为其文本的标识。

以不那么看重叙事者的葛亮为例,自觉不自觉地,"叙事个人"也已成为令人无法忽略的存在。小说集《七声》大多以人物命名,这也体现了葛亮的古典主义倾向。但是,请注意,在《七声》里恒常出现,屡屡吸引了我们注意的,不是那些让我们无限唏嘘的人物,而是毛果。毛果是谁?大概读者都会觉得有七八分像葛亮自己。换句话说,毛果是被葛亮叙述出来的"自我"。不得不说,这是一个十分聪明的选择。一方面,毛果身上,显然包含了作家葛亮的许多生活体验,驾驭起来得心应手,运用自如。另一方面,作为观察视角,毛果的中规中矩的人生,又与小说主要人物构成对照,具有了某种差异感。换句话说,毛果就像我们中的绝大多数人,在平淡的生活里饶有兴致地打量那些富于戏剧性的、跌宕起伏的人生。及至读到《安的故事》,我们才恍然大悟,毛果不仅是叙述者,他甚或就是这部小说集的主人公,其重要性甚至超过每篇小说的第一主人公。这个腼腆、安静的乖孩子,对他人怀着友善之心,在目睹形形色色故事的同时,也在完成自身的成长。他温婉体贴的叙述语调,迅速获取了我们的好感。作为读者的我们完全放弃了对故事客观性的要求，全然站在他的立场上，无条件同意他向我们讲述的一切。这就是"叙事个人"的力量。

徐则臣的"京漂"系列小说中也存在这样的叙事个人。虽然小说讲述的是那些活跃在天桥上的做假证、贩卖盗版光碟的人们，但是，读者绝不会忽略躲在所谓"底层"后面那个"我"。那个"我"和生活在底层的人们是兄弟，虽然他往往脸色苍白，患有神经过敏症，有着小知识分子的气质。他是那么敏感、热情，我们正是在相信了他之后进而坚定地站在了边红旗们一边，反对警察、城管对他们的"围剿"。也是因为"我"的存在，我们才走进边红旗们的心灵深处，发现那一点属于理想主义的亮光。"我"才是那个控制故事节奏、情绪的那个人。这也是"叙事个人"的力量。

这是七十年代生人对小说的有力改写。大抵是因为在这个信息过剩的时代，无论多么惊奇的故事都无法再持久地占据读者的注意力了吧。唯有一个有魅力的叙述者，保证了和小说人物在一起，支配着读者对小说的接受，决定了叙事价值的走向。我预感，将有更多的"叙事个人"被创造出来，实现对传统意义上的现实主义的改写。

当然，若是将七十年代生人的个人性问题完全归结于创作者本身也是有问题的。讨论这一问题，必得回到这一代人的创作和阅读的起点，回到新时期文学的起点八十年代中去。毫无疑问，"个人"话语肇始于此"黄金时代"。发出个人的声音，倡导回到日常生活，是冲出社会意识形态对文学的重重包围的勇敢之举。此时的个人，尽管形单影只，尽管不乏稚嫩，但仍然是肩负着社会使命的个人，依然具有丰富的社会内涵。尽管大部分七十年代生人将文学阅读的起点构造为西方现代主义的涌入及在其影响下的先锋派，但不得不承认，他们是八十年代精神的孩子，在写作观上承继了八十年代的教诲，那就是在逃离意识形态的道路上一往无前，以自我表达和自我追求为首义。这当然没什么不好。不过，贺照田提醒我们："得以使八十年代观念与意识努力具有真实历史有效性的，首先在于有明确真实的政治、美学禁忌需要加以反对这样一种特定的历史关系，而这样一种依赖于特定历史关系的历史有效性必然置自己于一种悖论处境，就是反对努力成功的时刻，也是它自身借以获得历史有效性的历史关系很大程度被改变的开始。"这段话有些缠绕，简单说就是当意识形态的无物之阵消解之时，反叛的对象消失了，对自我的过分强调就因为失去了历史依凭而变得虚无。七十年代生人的文学创作或者说九十年代以来的中国文学正处于这样的危险之中。但无论如何，这一代人所创造出来的"个人"在小说文本里摇曳多姿，闪烁着个性的光芒。通过这些类型丰富、形态迥异的"个人"，我们走近了他们的写作；更重要的是，我们借以打量自己。

《上海文学》2014年第2期

~ 上编 ~

创造自我——李娟论

未知死焉知生——鲁敏论

「莽林」与「神迹」——金仁顺论

确认那些我们不曾察觉的部分——黄咏梅论

创造自我

——李娟论

李娟是谁？

这似乎是一个不是问题的问题。迄今为止，这位已经出版了十一本书的散文作家已经日渐为读者熟知。关于她的经历明白无误地印在书的护封上。比如，在《冬牧场》中，有一段李娟的生平简介，精简地讲述了她的生活与写作——"李娟，散文作家，诗人。1979年生于新疆。高中毕业后一度跟随家庭进入阿尔泰深山牧场，经营一家杂货店和裁缝铺，与逐水草而居的哈萨克牧民共同生活。1999年开始写作。出版有散文集《九篇雪》《我的阿勒泰》《阿勒泰的角落》《走夜路请放声歌唱》，在读者中产生巨大反响，被誉为文坛清新之风，来自阿勒泰的精灵吟唱。"

不止如此。鉴于李娟的作品几乎都是围绕着她的生活而展开，我们对她的了解远远超过了护封上的简短介绍。她将她的生活和盘托出，由此，我们了解她巨细无遗的生活、她的家人，乃至于她观察世界和表达世界的方式。简言之，在阅读李娟散文的过程中，我们是在阅读李娟这个人。

这是散文在今天这个时代的新变。如果说，过去的散文聚焦于主题与题材，那么，由于文类的融合，今天的散文在大量借鉴小说、诗歌、新闻、历史等文类的写作手法的同时，也使得"自我"从被写之物中凸显出来，变得前所未有的重要。从某种意义上说，李娟被广泛接受，正是立足于这一点。她的全部作品，几乎都是关于自我的展示与描述。这一展示常常以白描的形式出现，同时也包含着关于自我的认真思考。正是在这个意义上，有人认为她的散文读起来像小说。自我研究、自我发明、自我创造……也许，在写作之初，李娟对此是懵懂的，但是，随着写作的日渐深入，她大概也明白了这一点。在近来出版的小说集《记一忘三二》的自序就以"李娟记"为主题，为读者介绍李娟这个人与李娟的书。

这恰好吻合了读者接受散文作品的方式。关于这一点，从公众舆论谈论李娟的方式就可见出端倪。人们无不用一种老朋友般的口吻谈论李娟，将她的作品中的情境与她的生活混为一谈。这当然遵循了"前散文时代"的"真实"原则，但问题是，即使我们完全信任作者的真诚，真实生活中的李娟与散文中的李娟就是同一个人吗？韦恩·布斯在《小说修辞学》中提出了"隐含作者"这一重要的理论概念。他认为："在他写作时，他不是创造一个理想的、非个性的'一般人'，而是一个

'他自己'的隐含的替身，不同于我们在其他人的作品中遇到的那些隐含的作者。对于某些小说家来说，的确，他们写作时似乎是发现或创造他们自己。不管一位作者怎样试图一贯真诚，他的不同作品都将含有不同的替身，即不同思想规范组成的理想。正如一个人的私人信件，根据与每个通信人的不同关系和每封信的目的，含有他的自我的不同替身，因此，作家也根据具体作品的需要，用不同的态度表明自己。"尽管布斯的理论以小说为论述对象，但是，在李娟的散文中，我们依然能发现不同的"隐含作者"，代表了李娟这一形象的不同侧面。因此，与其说李娟书写的是阿勒泰，不如说，她是在以阿勒泰的方式创造自我。

一

2010年，写作已逾十年的李娟出版了《阿勒泰的角落》，一年以后，她又出版了这本书的延长线《我的阿勒泰》（2011）。至此，"阿勒泰"的"李娟"开始构形。但是，在同一年出版的《走夜路请放声歌唱》（2011）却被谈论得不多，乃至于经常被忽略。虽然，随着李娟热的兴起，这本书也几度获得了再版的机会，但是，与前两本书在李娟"粉丝"中所收获的一致赞美不同，对这本书的评价呈两极化趋势，以至于李娟不得不在再版序中对这些篇章作发生学的解释。按照李娟的说法，这些文字与"阿勒泰系列"写于同一时期，但显然风格迥异。

那么,《走夜路请放声歌唱》是关于什么的呢?收在这个集子里的,有关于童年的回忆。比如,在《十个碎片》中,有发生在一九九二年的夏天、一九八八年的童年往事的记述。李娟回忆起自己如何特别渴望一条连衣裙,如何在获得它之后将它押在小卖店里租了泳圈,买了泳衣,下水游泳的情景。这篇文章中出现了许许多多个"第一次","第一次体会到人与人之间彻底的不能沟通""第一次承受灾难""第一次朦胧地懂得了什么叫'可耻'""第一次美梦成真""第一次看到如此大面积的水域""第一次下水"等等。一个敏感而自尊,内心有着丰富感受世界的女孩子的形象跃然纸上。童年是许多散文作家的题材。回忆本身就构成了抵达散文的路径。在这部散文集中,李娟回忆了她人生中许多晦暗的时刻,比如,她是如何与外婆在山林间一连坐了七八个小时的车感到疲惫不堪的。再比如,她又是如何在知道一些事情之后如雷轰顶,万念俱灰的。虽然也有一些明亮的瞬间,构成这本集子的主体部分,就是这样一些叫人无可忍耐的时刻。实在忍耐不了了,她就用笔记述下来,帮助她度过那个时刻。总体而言,这是一部带着灰暗调子,让人感到"沉重"的散文集。

此外,李娟在这部作品中的写作方式,是抒情化的。不妨可以将之与"阿勒泰系列"做一比较。《羊道·深山夏牧场》的《友邻》一篇中提到了斯马胡力的一句话:"我们这个房子嘛,夏天是人的房子,冬天,是熊的房子!"李娟仅仅用了四五行文字想象、描摹了这一情景,并感慨"不但是有趣的,更是深沉感人的啊"。而在《走夜路请放声歌唱》中,她以

《夏天是人的房子，冬天是熊的房子》为题，用了整整一篇的文字，来对大棕熊抒情。这抒情甚至打动了她自己，让她"快要流下泪来"。比较而言，"阿勒泰系列"的李娟是克制的、乐观的，而《走夜路请放声歌唱》的李娟是热烈的、抒情的。

这是两种完全不一样的"自我"。李娟自己也比较过两者的差异。她说："这些不同的文字只是我不同情感的不同出口而已。几乎所有读者都认为我的两本'阿勒泰'系列阅读起来很轻松，而这本书则非常沉重。可实际创作时，阿勒泰那些文字，我写得非常艰难，写这本书时则轻松许多。"尽管李娟为自己辩护说，《走夜路请放声歌唱》中的文字是被真实的某种情感所支配，是"最直接的释放"，并依赖于这种释放。尽管如此，后者却未能获得读者的广泛共情，为读者所接受的李娟却是那个"阿勒泰的李娟"。事实上，《走夜路请放声歌唱》中的李娟记述的往往是日常生活的事情，这些日常生活没有特殊的标记，仿佛是随便哪个人都可能遇到的事情。而记述这些事情，是为了抒情。而"阿勒泰系列"则以"深描"为主，那个抒情的自我让位于叙事的自我。

这批写于同一时期的文字是两种"自我"的交叉，更是两种散文观念的交锋。抒情式的自我是九十年代以来文学观念的产物。这一观念延续以往散文建立起来的抒情的方向，信任个人的日常生活的价值，相信文学是具有亚里士多德所说的"净化"的功能，但是，在2010年这个特殊的时刻，对于中国文学来说，某种观念上的转换已然风起云涌。这一转换并非是某些无关紧要的坐标的移动，而是审美疆域的重构。"非虚构"

23

的大旗历历在望，读者普遍对过于空泛的抒情感到审美疲劳，迫切希望看到有现场感的及物的作品。这一年，倡导"非虚构"的《人民文学》提出了新的美学设计——"纪实作品的通病是主体膨胀，好比一个史学家要在史书中处处证明自己的高明。纪实作品的作家常常比爱事实更爱自己，更热衷于确立自己的主体形象——过度的议论、过度的抒情、过度的修辞，好像世界和事实只是为满足他的雄心和虚荣而设。我们认为非虚构作品的根本伦理应该是：努力看清事物与人心，对复杂混沌的经验做出精确的表达和命名，而这对于文学来说，已经是一个艰巨而光荣的目标。"也就说，新的文学法则要求作家进入到真实的领域，得到关于这一领域的第一手的材料和报告。当然，这一报告也势必浸润了个体的思考，但是，它是关于世界是什么，或者更准确地说，是关于"我"看到的世界是什么的回答。从这个意义上说，"阿勒泰的李娟"的出现恰逢其时。

"阿勒泰的李娟"意味着把个体与某个确定无疑的空间联系起来。这是这一时期新的美学原则实践者的通行做法，类似于"江城"之于彼得·海斯勒，"梁庄"之于梁鸿。对于书写者来说，这一空间既是观察的对象，又是厕身其间、亲身参与的领域；既具有丰沛的特殊性，又是普遍性的隐喻。空间与人，构成了奇异的叠加关系，从而使这一空间也具有了人的形象、感情与思想。这也是李娟描绘阿勒泰的方式。作为新疆维吾尔自治区最北部的城市，阿勒泰的边境线绵长，其居住人口以哈萨克族居多。对于许多居于内陆的读者而言，这是一个异质性的空间。对于一个散文作家来说，打开一个空间的最直接的方式，是描绘其风景。这是因为风景与叙述者的主体性确实存在隐秘的关联。美国学者米切尔认为："风景作为一种媒介不仅是为了表达价值，也是为了表达意义，为了人与人之间的交流——最根本的，是为了人类与非人类事物之间的交流。就像十八世纪的理论家所说的，风景调和了文化与自然，或者'人'与'自然'。它不仅是一处自然景观，也不仅是对自然景观的再现，而是对自然景观的自然再现，是在自然之中自然本身的痕迹或者图像，仿佛自然把它的本质结构烙印并编码在我们的感觉器官上了。"那么，李娟所"发现"的阿勒泰是如何被编码，并赋予了怎样的价值呢？

每当我穿过一片旷野，爬上旷野尽头最高的沙丘，看到的仍是另一片旷野，以及这旷野尽头的另一道沙梁，无穷无尽。当我又一次爬上一个高处，多么希望能突然看到远处的人居炊烟啊！可什么也没有，连一个骑马而来的影子都没有。天空永远严丝合缝地扣在大地上，深蓝，单调，一成不变。黄昏斜阳横扫，草地异常放光。那时最美的草是一种纤细的白草，一根一根笔直地立在暮色中，通体明亮。它们的黑暗全给了它们的阴影。它们的阴影长长地拖住东方，像鱼汛时节的鱼群一样整齐有序地行进在大地上，力量深沉。

而我脚下的路，恰从这世界正中间通过，像是天地大梦中唯一清醒的事物。我稳当当地走在路上。这里是大陆的腹心，是地球上离大海最遥远的地方。亚洲和欧洲在这里相遇，这是东方的西方，西方的东方……但是在这里，真正属于我的世界只有脚下的小路那么宽。我一步也不会离开这条路。我从不曾需要多么宽阔的通道，能侧身而过就足够了。像鸟在天空侧身飞翔，鱼在大海里侧身遨游，我从来不曾渴望过全部的世界。我只是经过这个世界，去向唯一的一个小小的所在。

风景无处不在。风景纷至沓来。李娟塑造了阿勒泰的风景形象，简而言之有以下几层意思：第一，风景不是某个特定的被围造起来的局部空间，比如城市里的公园、被评定级别的风景区。在李娟那里，风景是整体性的，是随处可见、随时可及的。换言之，风景就是自然，就是生活本身。第二，与同一时期的作家们将风景政治化的方向不同，李娟将风景去地方化了。蔡翔在研究 1949-1966 年的中国社会主义文学 - 文化想象时指出："在'民族'话语的支持下，'地方'不仅可能转喻为'本土'，同时，通过对'地方'风景的叙述，还得以构筑共同体内部的'共通的感情'。……这一'共通的感情'在现代民族 - 国家中，已经不可能诉诸'血缘'，所以'只好诉诸'大地'，并且往往通过'风景'之发现，或对'风景'的赞美来完成民族 - 国家的表征。"应该说，这一路径到现在依然是有效的。梁鸿将她的"非虚构文学"从发表时的《梁庄》改为《中国在梁庄》，就可见一斑。李娟则不同。当她描摹风景之时，往往采用一个更大的参考系，比如，世界、宇宙、洪荒，使得风景超越了具体的时间和空间，具有了某种永恒性。"世界""大地"等词汇在李娟的描述中出现频率极高。新疆广袤的地貌也决定了作家观察风景的方式。第三，李娟所观察到的风景具有"荒野"的气质。荒野具有绝对超越人的力量，构成了对人生活的主宰。然而，构成风景则是具体的，甚至具有某种细致而微的美感。风景是风，是雨，是溪谷，是桦树林。她耐心观察构成风景的种种，比如，"有一株掌状叶片的植物，簇拥在水边潮湿的沼泽里，叶子又大又美，色泽浅淡娇嫩，团团裹围着中间一支抽出的箭杆"。无数具体的美丽的事物，构成了宏阔的荒芜的风景。这是李娟所发现的阿勒泰，是荒凉与美丽的统一。第四，既然是荒野，这意味着大部分时候，李娟所表现的风景是无人的。这与刘亮程不同。在刘亮程那里，风景是与人的生活、生命紧密联系在一起的，可以说，万事万物都是人的投射。比如，在《剩下的事情》里，"也许我们周围的许多东西，都是我们生活的一部分，生命的一部分，关键时刻挽留住我们。一株草，一棵树，一片云，一只小虫……它替匆忙的我们在土中扎根，在空中驻足，在风中浅唱……任何一株草的死亡都是人的死亡。任何一棵树的夭折都是人的夭折。任何一粒虫的鸣叫也是人的鸣叫"。当然，也有例外。在李娟的取景框里偶尔也会闯进人。李娟尤其偏爱光影对照鲜明的构图。比如，穿着红衣的加依娜在林海孤岛上荡秋千的情景。再比如，"每当我们在森林中穿梭，穿红雨鞋的卡西总是轻快地走在最前面。森林清凉碧绿，她就像一个精灵。这说不清、道不明的古老寂静的生活，这崇山峻岭间的秘密。

在森林边缘,沼泽中央,突然闪现的那个人,总是衣裳鲜艳无比"。风景里的人被客体化了,似乎其存在是为了反衬寂寞的风景。但仅仅如此吗?这"荒野的主人",对于李娟又意味着什么呢?

二

没有什么独立自足的自我。所有的自我都需要征用他者作为镜子,通过观察、辨认、对照、判断、沉思的方式,逐渐建立自我。人类学家格尔兹认为:"人类学家使我们认真地对待其论述的能力与真实的表面上的或者概念上的精确没有太大的关系,而与他们使我们信服其所说的是他们实际渗透(或者,如果你喜欢的话,也可以说被渗透)进另一种形式的生活,以这种或那种方式真正'到过那里'(been there)的结果的能力相关。使我们相信台下的奇迹已经出现了,这就是写作开始的地方。"事实上,"到过那里"也成为今天我们对于作家的一种不言自明的要求。以这一标准而论,李娟与其家人开着缝纫店和杂货店,与哈萨克人比邻而居,其实算不得真正的"到过"。她需要完全进入到哈萨克人的生活中,进入另外一种文化当中,发现另外一种文化的独异之处,写作才算是开始,自我也才得以建立。这一过程结出的成果,就是代表了李娟目前创作最高水准的《羊道·春牧场》《羊道·前山夏牧场》《羊道·深山夏牧场》《冬牧场》。

如何确认"到过那里"(been there)呢?或者说,在哈萨克人身上，李娟发现了哪些文化的特异之处呢？应该说，这是"牧场系列"需要回答的问题。

李娟首先着眼的是"迁徙"这一行为。"新疆北部游牧地区的哈萨克牧民大约是这个世界上最后一支最为纯正的游牧民族了，他们一年之中的迁徙距离之长，搬迁次数之频繁，令人惊叹。"这可以说是"牧场系列"的写作初衷。移动，确实是游牧民族的灵魂。"'移动'，以及随时作有关移动的'抉择'，是游牧社会人群适存于资源匮乏且变量多的边缘环境之利器。移动，使得他们能利用分散且变化无常的水、草资源，也让他们能够及时逃避各种风险。须经常移动，影响他们生活之各个层面。……简单地说，'移动'使得他们有能力突破各种空间的、社会的与意识形态的'边界'。""移动"，也是李娟书写的重点。从春牧场吉尔阿特、塔门尔图到前山夏牧场冬库儿，从冬库儿再到深山夏牧场吾塞，李娟最直接的感受是移动何其艰辛。艰辛的表现之一是寒冷。转场一般是凌晨就要出发，那是一天最冷的时候。大家就要起来装骆驼，无论穿得多么厚，都能感受到"风大得像是好几双手当胸推来似的，几乎快要站立不稳了。眼睛被吹得生痛，直流泪水"。在李娟的描述中，那种冷，是一种没有希望的冷、钻心的冷。以至于有的时候她只能通过爬山来抵御寒冷。"真冷啊，到了中午，风势越发猛烈，天地间呼呼作响。太阳虽明亮却毫无温度。脸上像被人揍了一顿似的僵硬，表情僵硬，手指僵硬，双肩僵硬，膝盖僵硬，脚踝僵硬。已经连续骑了七八个钟头的马了。感觉浑身都脆了，往地上轻轻一磕就会粉身碎骨。但又不敢随意动弹。稍微踩着马镫子在马鞍上起身一下，都会觉得寒冷立刻逮着个空子，迅速袭往那一处，扑在那一处仅存的温暖上……"李娟将"在场者"的感受描写得如此细腻、切肤，似乎都能让读者感受到凛冽刺骨的寒意。某种意义上说，忍受，是"在场"的另外一种表述。因为"在场"，必然是脱离一个人已经适应的，浑然不觉的环境，进入到另外一个陌生化的环境中。没有这样一种直接的、感官式的转换过程，"进入"就失去了基础。只有经过了"忍受"这一过程，才能发现他人生活的意义。

这一发现，对于李娟来说，是以对照的形式表现出来的。在移动的过程中，李娟发现了自己与扎克拜妈妈一家的差异。天气如此寒冷，路途又是如此辛苦，有大量的工作需要做，李娟不顾个人形象，穿的都是脏衣服。但是，她发现，扎克拜妈妈一家都是格外打扮了一番。她意识到，对于哈萨克牧人来说，转场搬家是如节日般隆重的大事。由此上升到一种生活哲学——"生活再艰难也不能将就着过日子啊……漂漂亮亮、从从容容地出现在大家面前，不仅是虚荣的事，更是庄重与自信的事。"

这是李娟在"牧场系列"要做的事——描绘、展示哈萨克牧人的生活，并从中发现生活的意义。这种意义不仅是他们的，也具有某种普遍性，为我们提供启示。总体而言，李娟所描述的牧场的生活分为两部分，一是劳动，二是食物。

劳动是"牧场系列"表现的主题。一般认为，游牧人群的日常劳动是极其繁杂的。"总之，在一个游牧社会中日常生产工作最主要的特色是，无论男、女、老、少，人们在一年绝大多数时期均十分繁忙。而且由于环境变量大，许多工作都十分迫切，或来得十分突然。因此虽然这些工作大致上都有依男女性别或年龄的分工，但由于其迫切与突然，所有的人皆须适时投入任何工作中，以及随时作出行动抉择以应付突来的情况。"李娟的描写也验证了这一点。每天每个人都有按部就班的劳动任务。扎克拜妈妈绣花毡、煮牛奶、做胡尔图。斯马胡力放羊、拾掇骆驼、钉马掌。卡西挤奶、赶牛、背柴、找羊。作为游牧生活的观察者与参与者，"外来者"李娟也承担了大量的家务劳动，以及摇牛奶分离器。劳动是如此繁重，以至于一个人哪怕离开一天，就得提前一天放弃睡眠，完成各项既定的劳动，其他人也会因为分担他的工作而变得格外繁忙。因为处于野外，各项生活起居都需要向大自然索取，人就格外依赖自然。比如，饮水。对于生活在城市里的人来说，这大约是一件自然而然的事情，可是，对于牧人来说，他们需要背冰、背雪。李娟多次描述其中的艰辛。她背了不到二十公斤，卡西背了三十公斤，就连六岁的胡安西都能背七八公斤。扛着冰块爬山的时候，李娟形容她"腰都快要折断了，手指头紧紧地抠着勒在肩膀上的编织袋一角，快被勒断了似的生痛。但又不敢停下来休息，冰在阳光下化得很快"。

这是李娟对于劳动的感性感受。但是，对于牧人来说，他们似乎不以为苦，或者说，在他们看来，劳动是对一个人内在价值的肯定。一个技艺娴熟的劳动者是会获得大家由衷的尊敬的。李娟描写了阿依努尔是如何刀法凌厉、彪悍地做起销子,使的根本是一个男人才有的力气,连斯马胡力就很感叹其"厉害"。换言之,劳动是人在荒野上生存的基础,也是人的创造性所在。阿伦特认为,"传统将劳动本身视为人受必需性(necessity)支配的特殊标志,而现代将劳动提升为积极自由、创造性自由的表达。"李娟敏锐地在哈萨克牧人身上捕捉到了这一点。她细致描写了小孩子胡安西参加劳动的情景,累得汗流浃背,却也陶醉在劳动之中。李娟也由此注意到牧人对待劳动的态度——在其他场合,大家把他当作一个孩子看待,可是到了劳动的时候,就再没人对他客气了。因此,胡安西体现出来了一个相当成熟的劳动者的素质。此外,由于游牧生活的特殊性,互助合作的劳动深深地嵌入了他们的日常秩序中。几家毡房联合起来擀毡的过程,被李娟以歌咏的调子记录了下来。在她看来,"这是劳动的一天,也是节日的一天"!隆重的联合的劳动,竟然像节日一样!这也是劳动的意义,它将人们紧紧地团结起来,构成了小小的共同体。在共同付出劳动,共同享受劳动果实的同时,他们同时感受到了来自他人的劳动支持和精神支持。

荒野的生活如此艰苦,食物的安慰就变得极其重要。李娟兴致勃勃、不厌其烦地写喝茶,烤馕,做包子、手抓饭,宰羊的过程,固然是因为食物和劳动一样,在牧人的生活中扮演了非同一般的角色,也是因为艰苦的生活让食物成为对人最大的安慰。李娟有一段关于食物的充满激情的抒情。"我要赞美食物!我要身着盛装,站到最高最高的山顶,冲着整个山野大声地赞美!——谢天谢地,幸亏我们的生命是由食物这样美妙的事物来维持的。如果走的是其他途径，将会丧失多么巨大深沉的欢乐和温暖啊！"对于哈萨克人来说，在艰苦的劳动之后，享用食物之前也需要经过巴塔这一隆重的仪式。因此除了果腹以外，食物还升华出巨大的精神意义。对于食物的这层理解，也构成了牧人理解世界的秩序。理解了这一点，才能理解为什么牧人对羊充满了深沉的感情，作为食物而存在的羊，本身就构成了人的一部分啊。

对于李娟来说，写作这一行为，不仅仅是记录哈萨克牧人鲜活生活轨迹的过程，也是作家塑造自我主体，参与到对世界的实践的过程。写作本身，也逐渐加深了她对外在世界，对于哈萨克牧人的认识。这一点，从她所塑造的哈萨克牧人的形象就可见一斑。在"春牧场"中，卡西还是一个模糊的形状，符合哈萨克以外不了解其生活的人们对一个哈萨克少女的想象，比如，她很辛苦，睡得晚，起得早，干的全是力气活，和小姐姐阿娜尔罕有着深厚的姐妹情谊。简而言之，她给我们留下了一个有着黑头发的红衣少女的形象。应该说，在这一阶段，李娟对卡西这一纯真而美好的少女形象的塑造，表达了她对牧人生活方式的赞美。但是，到了夏牧场阶段，卡西的形象变得丰富和立体起来。她当然有豪迈的、不拘小节甚而丢三落四的一面，仿佛是荒野中的小兽一般，有着野生的活力，同时，也有女孩子天生的对美的追求和向往——谁能想到，深山里的牧羊姑娘也像城市里的女孩子们一样宣布为了减肥而不喝奶茶。除了卡西以外，美丽得宛如传奇一般声名远播的苏乎拉，邋遢得似乎放弃了所有希望的沙拉古丽，以及牧人们对待苏乎拉和沙拉古丽复杂的态度，被生动地呈现出来。在这个时候，卡西们才从一种生活理想还原到一个个活生生的有血有肉的人。哈萨克牧人的生活的呈现出更为丰沛和复杂的一面。尽管如此，卡西的形象仍然有进一步"深描"的空间——由于语言不通，应付日常生活尚且困难重重，更遑论深入心灵深处。到了"冬牧场"，情形又不同了。这一次李娟选择了很能说些汉话的居麻一家。对于文学作品来说，居麻这一人物形象显然更有"文学性"。他聪明能干，但是酗酒，经常醉得不省人事，他们家的生活更贫困，这使得他犹如一个横切面，由此李娟可以切入哈萨克牧人生活的肌理。与此同时，与居麻一家的相处也变得困难起来。如果说，在春牧场和夏牧场中，作品呈现出一种人与人和谐相处的田园牧歌式的氛围，那么，到了冬牧场，显然要困难得多。对于居麻一家而言，"我"或许算不得多么受欢迎的客人。比较而言，"冬牧场"的调子更为沉郁，对人的观察也更为全面。在"春牧场"和"夏牧场"中所不多见的矛盾也悄悄显露出来。比如，居麻家与新什别克一家在共同劳动过程中对于劳动分工所产生的矛盾；两家对于牛羊不同的管理方式等等。某种意义上说，这才是生活的真实显影。牧人的生活和所有人的生活一样，有欢乐的时刻，也有黯淡无光矛盾重重的时刻。不美化、不虚饰，是对一个作家的伦理要求和写作考验。因此，就艺术价值而言，我认为《冬牧场》最高，虽然它也许并不符合李娟的一贯明亮而轻盈的风格，也可能不是李娟作品中接受度最高的作品，但是，这一书写埋藏着打开新的宽阔的大门。

是的，李娟完成了一个类民族志者的叙事——在他者所在的地方融入他们，在他者不在的地方呈现他们。同民族志者的选择大体类似，这个他者往往是原始的、传统的、部落的，而他者的传统是值得歌颂的。作为一个作家，她进一步在凸显不同的时候，又强调了我们与他们的相同、相通之处。然而，这就是故事的全部了吗？值得注意的是，在她的叙事中，始终有一个让人"不安"的事物。那就是相机。它几乎贯穿了"牧场系列"的始终。李娟自己也始终为之困惑，不得不向我们，也向她自己作出解释。

相机开始出现在《春牧场》的自序中，李娟说自己"甚至不敢轻易地拍取一张照片"。其原因是，作为一个牧人生活的"闯入者"，她希望自己能够被接受，于是"蹑手蹑脚"，"不敢有所惊动"，顺从既有的生活秩序。这是融入他人生活的伦理基础——你不能将自我塑造成猎奇者。在《深山夏牧场》中，李娟有一篇专门写到了相机。一开头，李娟就表明相机没用几天就坏了，于是再也没有管过它。面对相机，她的态度是复杂的，一方面，她希望借相机记录下她所看到的一切——写作这件事因此分享了相机的功能，但与此同时，她又深深感到了相机所面对的阻隔，这阻隔不只是相机的，也是她自己的。甚至拍照行为本身，也令她感到不自在。在拍照过程中，她与他们的状态就成了对立的状态。她希望记录下真实生活中的人们，但是一旦她举起相机，牧人立刻装扮起来，连表情也成了"给外人看的，端庄而防备的表情"。在冬牧场，DV和相机的命运似乎也差不多，完全失去了用武之地。

作为一个现代事物，相机与古老的游牧社会的遭遇是极其有意味的时刻。李娟意识到了在相机的使用者与被拍摄者之间存在的权力关系，意识到了相机使用过程中所包含的侵略性，因而主动使相机处于"悬置"的位置。但是，李娟没有意识到的是，她所理解的真实与牧人们理解的真实具有很大的差异。她所期待的照片，是要符合她对穷困、杂乱、欢快、尊严等先在的观念，但是，对于牧人来说，真实意味着体面、严肃等，就像转场的时候要穿上最漂亮的衣服，那才是他们的真实。认知的差异，凸显了我们和他们巨大的鸿沟。而这一差异也来源于李娟对于他们的根本性理解。

对李娟来说，相机之所以如此重要，还因为"摄影是一门挽歌艺术，一门黄昏艺术。……所有照片都'使人想到死'。拍照就是参与另一个人（或物）的必死性、脆弱性、可变性。所有照片恰恰都是通过切下这一刻并把它冻结，来见证时间的无情流逝"。这是"牧场系列"另一个潜在的主题。李娟之所以要记录下哈萨克牧人转场的全过程，就是因为，她深切感受到这一千百年来传统的生活方式和劳动方式正在发生改变，从年轻人对手机的执迷，对进入到现代城市的渴望，到电视在荒芜的冬窝子里出现等等，都意味着牧人正在与古老的生产方式逐步告别。这正是她写作的初衷。记录这漫长告别的过程，记录古老的传统的美如何在现代性的侵蚀下土崩瓦解。传统与现代性的主题是新时期以来文学，特别是关于少数民族的书写极其常见的主题。作家们普遍显露出来的是进步的现代的赞颂与对传统的留恋的双重态度。正如博伊姆所指出的："建立现代社会学的基础是传统群体与现代社会之间的区分,这一区分一般都倾向于把传统社会的整体性、亲密关系和超验的世界观理想化。"毫无疑问,李娟也遵循了这一叙事语法的规约,这使得她所观察到生活细节真实、细腻,语言轻逸、灵动,生活态度诚恳、善于自嘲,有着旁人所不及的意趣,但在思想层面上却没有超出我们对于世界的既有理解,或者说,只是为我们固有的理解增添了一个生动有趣的样本。

这真是一件奇怪的事。作家在克服了艰苦的生活、语言的隔膜等种种障碍,深入到牧人的生活之中,以巨大的篇幅描摹了牧人的生活,却并未获得对世界的崭新认识,这不能不让人遗憾了。这或许是对李娟的过分苛求,毕竟,提供了一个个生动感性日常生活情景,就已经完成了作家的职责了。但是,李娟本人也是有更高的志向的吧。她的无力感也洋溢在文字中。

> 我永远也不曾——并将永远都不会——触及我所亲历的这种生存景观的核心部分。它不仅仅深深埋藏在语言之中,更是埋藏在血肉传承之中,埋藏在一个人整整一生的全部成长细节之中。到处都是秘密。坐在大家中间,一边喝茶,一边听他们津津有味地谈这谈那……我无法进入。我捧着茶碗,面对着高山巨壑……不仅仅是语言上的障碍,更是血统的障碍,是整个世界的障碍。连手中这碗奶茶,也温和地闭着眼睛,怜悯地进入我的口腔和身体——它在黑暗中,一面为我滋生着最重要的生命力量,一面又干干净净隐瞒掉最为关键的一些东西。

那些"最为关键的一些东西"究竟是什么，我们或许不得而知。但是，我们和李娟一样意识到，传统与现代性不是，至少不是唯一一讲述哈萨克牧人故事的语法。但是，倘若我们将哈萨克牧人仅仅只视为一个个独立的个体，放弃在历史脉络寻找一个族群的生活法则，就像对风景的去历史化一样，那些"东西"一定还会对我们封闭。八十年代以来的文学教育让我们相信存在某种的个人化的"自我"，而历史只可能诞生在个人之中。可是，哪有什么独立的未经"污染"的"自我"呢？每一个"自我"都携带着重重叠叠的知识、经验与理论。这些构成了"自我"的基础，也构成了看待世界的"前理解"。这或许也是我们要在理解他人的基础上发现"自我"的原因吧。

三

据说，有人曾对李娟写作的持续性表示担忧，"写了十来年阿勒泰乡村旮旯里琐碎生活和纯粹自然之后，今后怎么写？"仿佛是为了回应这些质疑，李娟在《李娟记》中提出了反驳——"长久以来，我的写作全都围绕个人生活展开。于是常有人替我担心：人的经历是有限的，万一写完了怎么办？我不能理解'写完'是什么意思。好像写作就是开一瓶饮料，喝完拉倒。可我打开的明明是一条河，滔滔不绝，手忙脚乱也不能汲取其一二。总是这样——写着写着，记忆的某个点突然被刚成形的语言触动，另外的一扇门被打开。推开那扇门，又面对好几条路……对我来说，写作更像是无边无际的旅行，是源源不断的开启和收获。"李娟将这一担忧理解为题材层面的枯竭。在她看来，随着生活之河的流淌，以记叙自我生活为己任的作家是有无限丰富的素材可供采撷的。实际上，这层担忧可以而且应该被从自我塑造这一层面去理解。也就是说，在消费时代，如果我们从作家和读者的关系去考量，那么，作家是生产者，读者是消费者。具体到李娟这一个案，读者是在接受"阿勒泰的李娟"这一文学形象的基础上实现对李娟作品的消费。但是，倘若这一文学形象数十年无变化，始终保持当年的"谐趣横生"，读者恐怕将对此产生审美疲劳。而事实上，这一预言正在慢慢显露它的形状。

在"牧场系列"之后，李娟的读者们在迎来灵动跳脱的随笔集《记一忘三二》之后终于等到了又一部主题性的叙事散文《遥远的向日葵地》。这部散文以"我妈"在南部荒野中种向日葵的经历为表现内容，"我妈"这一人物形象成为主角。在此之前，"我妈"这一人物形象零星地在《我的阿勒泰》和《阿勒泰的角落》里出现过，到了《遥远的向日葵地》中，她成为被集中表现的对象。这可以看作是李娟对于"自我"的一次尝试性扩展。"我妈"和"我"血脉相连，又分享了大致相同的生活经历。但较之于"我"的文艺式的敏感与自省，"我妈"更泼辣，也更强悍。因此，"我妈"成为被观照的对象，某种程度上也是"我"对"自我"的观照。与此同时，"我"也获得了评述和言说的空间和余地。

这个"自我"依然怀抱着对人世和大地的巨大热情。这是李娟一以贯之的主题,也是她深切打动读者的地方。故事是从"我妈"独自在乌伦古河南岸的广阔高地上种了九十亩葵花地开始的。种地这一行为脱离了具体的经济生计的考虑,被充分审美化和象征化了。在李娟看来,种地,其实是在过真正与大地相关的生活。因此,种地过程中遇到的种种艰辛,都是向大地的献祭。"于是整个夏天,她赤身扛锨穿行在葵花地里,晒得一身黢黑,和万物模糊了界线。""她双脚闷湿,浑身闪光。再也没有人看到她了。她是最强大的一株植物,铁锨是最贵重的权杖。她脚踩雨靴,无所不至。像女王般自由、光荣、权势鼎盛。很久很久以后,当她给我诉说这些事情的时候,我还能感觉到她眉目间的光芒,感觉到她浑身哗然畅行的光合作用,感觉到她贯通终生的耐心与希望。"这个"她"是"我妈",也是李娟关于"自我"的想象。这一"自我"超越了日常生活,而闪烁着因为与大地相连而分享的神性的光芒。李娟越是着力书写人的力量感,人对于大地的蓬勃欲望,就越是要写出这欲望之后的虚妄。于是,我们看到,两年的艰辛劳作,第四遍播下种子,收获却是如此菲薄。甚至,劳作的人要付出惨烈的代价——在种地的第三年,在收获丰收的同时,"我叔"突发脑溢血,中风瘫痪,至今生活不能自理,不能说话。这样一个希望与悲伤同在,力量与虚妄相伴的故事似乎早就被写就。这不禁让人想起了刘亮程在《荒芜家园》里的感慨——"一年一年的种地生涯对他来说,就像一幕一幕的相同梦景。你眼巴巴地看着庄稼青了黄、黄了青。你的心境随着季节转了一圈又回到那种老叹息、老欣喜、老失望之中。你跳不出这个圈子。尽管每个春天你都那样满怀憧憬，耕耘播种；每个夏天你都那样鼓足干劲，信心十足；每个秋天你都那样充满丰收的喜庆。但这一切只是一场徒劳。到了第二年春天，你的全部收获又原原本本投入土地中，你又变成了穷光蛋，两手空空，拥有的只是那一年比一年遥远的憧憬，一年不如一年的信心和干劲，一年淡似一年的丰收喜庆。"如果说，刘亮程表达的是一种循环论的悲凉感，那么，李娟则在悲凉之中灌注了"自我"的神采，一如这本书中葵花的形象，既灿烂壮美，又蕴含着来自土地深处黑暗的不为人所知的力量。

这个"自我"信奉万物平等，对小动物们充满了友善的关爱。遥远的向日葵地的故事，是"我妈"耕种和收获的故事，也是大狗赛虎和丑丑的故事，是在荒野中成为土匪和泼妇的公鸡和母鸡的故事，是一个冬天养得膘肥体壮不再会游泳的鸭子的故事，是在茂密的葵花地里迷路整夜回不了家的兔子的故事……假如没有这些生灵，在荒野中独自耕种的人该多么寂寞；假如没有这些生灵的故事，属于葵花地的故事又该多么单薄。

这个"自我"对环境的破坏保持着一贯的警觉。我们还记得，在"牧场系列"中，李娟对牧人迁徙是为了保护环境的赞美。到了《遥远的向日葵地》，李娟在展现人的力量的同时，也意识到耕种是对大地的索取。当人为了经济利益，不顾土地的状况无休止地索取的时候，大地也会死去。李娟描述了"死掉的土地"，坚硬的，发白的，因为过度耕种而被废弃。而在李娟的精神秩序中，大地与人是同构的，大地被压榨，也意味着人的被压榨。大地的死亡，意味着人的死亡。

在李娟的书写中，经济与"自我"的关系被容纳了进来。在某种超越性的抒情以外，李娟意识到万事万物，特别是构成人类生活的最基础性的事物，都与"自我"有关。这使她跳出了以往单纯的乐观、肯定与赞美，开始生长出理性的种子。但是总体而言，在《遥远的向日葵地》里，我们读到的还是那个熟悉的李娟，那个在广袤的大地上书写着明亮的寂寞的李娟。那个"自我"是如此稳固与强悍，以至于在书写的时候，李娟无法挣脱其边界，从而开拓崭新的天地。到底还是那个"阿勒泰的李娟"啊。

沿着小径交叉的森林，李娟一路走到现在，似乎这是属于她的命定的道路，再也没有其他的可能。这让我想起她早年写的似乎被谈论得不多的《木耳》。《木耳》讲述了木耳的神奇出现与消失，以及它在人心中掀起的巨大波澜。在李娟的作品中，这一篇深具小说的气质。在这部作品中，"自我"挣脱了以往单纯的律令，呈现出复杂多变的色彩。一开始，"我"和"我妈"是大自然生活的遵守者，"我们"与阿勒泰群山背面浩浩荡荡的森林平安相处。"我们"知道，在浩瀚幽密的森林深处，有生命的气息。这是一种对自然与生命发自本能的尊重与畏惧。尤其是在"我"跟着"我妈"采木耳的过程，这感觉越发分明。那种绿，仿佛是有生命的绿，感觉被这种绿所注视。所以，"我"才一步也不敢乱走，"全身的自由只在我指尖一点"。这是原初人与自然相处的状态。但是，随着木耳的出现，一切都变了。这里要追问的问题是，在一个从来没有木耳的森林里，木耳为什么会出现呢？对此，李娟有一个解释。她说，木耳是随着那些不得不最终来到阿尔泰深山的人们来的，而全球变暖的趋势，也恰好造就了最适合生长的气候环境。这一点非常有意味。也就是说，之前，阿尔泰深山因为地理环境的缘故，自成一体，自外于现代性和全球化的世界体系中，而现在，这一切改变了。木耳的出现就是一个征兆。这是变化的最根本的原因。

木耳的出现也使"我们"发生了变化——从自然秩序的服从者到被经济利益驱动的个体、大自然的索取者。在此之前，"我们"去森林，只是为了拾柴禾。森林供给我们所需要的那一点点资源。木耳的出现让我们意识到，自然有可能成为财富的来源。李娟的原话是，"就那么一下子豁然开朗了（似乎又在瞬间蒙蔽了些什么……）"。豁然开朗，是被现代性的经济体系启蒙的感觉。那么，"蒙蔽"指的是被眼前可见的利益所蒙蔽？由此我们看到，个人具有了强大的主体能动性。"我们"先是不辞辛苦地在森林中跋涉，发现、采拾木耳。尽管在劳动过程中，"我们"获得了关于森林和木耳的经验，但收获毕竟是微薄的。于是，"我们"迫切需要建立一个小的经济体来实现进入大的经济体的努力。这是我们向牧人收购木耳的开始。值得注意的是，"我们"和牧人的关系也变得复杂起来。对于生活结构与我们截然不同的牧人来说，他们对于现代经济体系更是一无所知。"我们"是木耳的命名者，并赋予其价值。从经济秩序上说，"我们"优先于牧人。但是，也有牧人拒绝进入这一秩序中。比如，就有从西面沟谷里过来的阿勒马斯"只是用鼻子哼了个'不'字"。这与哈萨克牧人的传统礼俗有关，他们热情地款待上门的客人，而拒绝任何形式的经济交换。

应该说，木耳被赋值的过程，也是其被人一拥而上，疯狂追捧的过程。更多的人来到了大山中，也带来了现代社会更为轻便，但与此同时对森林更具破坏性的因素。竞争变得越来越剧烈。这种剧烈程度甚至让发现它的人感到困惑——"我们也许清楚它的来处——无论是再秘密的藏身之地也能被我们发现，却永远不能知晓它今后的漫长命运。"与此同时，自然的秩序随着木耳的被赋值而彻底被改变了。只要是具有经济交换价值的事物都被人们疯狂地追逐。由此，人与人之间的关系也在发生变化。"我"看到了人的欲望之可怕，也看到了在人的欲望之上更为强大更为坚决的意志。此时的"我"，变成了原始秩序的追忆者，怀念起那些没有木耳的日子，那些"没有希望又胜似有无穷的希望的日子"。"我"似乎全然忘记了，是什么撬动了变化的发生。木耳的消失就像它的出现一般神奇，生活仿佛又回到了原点。但是，这个原点，已经完全不同以往了。

在这部作品中，李娟依然要对她所经历的某种生活作描述，作解释。但显然，生活的复杂性远远超出了她所依凭的观念。当她让内心的散文家隐身的时候，一种从未有过的丰富与复杂就诞生了。但不知为什么，李娟没有沿着这条道路继续走下去。《木耳》孤零零地厕身于她的作品中，成为独异的所在。据说，"这篇她自己很不喜欢，虽然是真实发生的，但写作的刻意与苦心让她难受。她不喜欢沈从文某些文章，也是因为觉得他写得'苦'"。这大约解释了李娟为什么没有沿着这条道路走下去。李娟的被接受很大程度上是因为她叙写了"生计之累"中的"生命之美"。这也构成了她的写作路径。从这个角度看，《木耳》蕴含了丰富的意味，不再是单纯明朗的美。从这个意义上说，李娟所创造的"自我"也决定了她的写作趣味与美学风格。

李娟曾经说过："在大雪围拥的安静中，我一遍又一遍翻看这些年的文字，感到非常温暖——我正是这样慢慢地写啊写啊，才成为此刻的自己的。"对于李娟来说，写作既是创造自我的方式，也是参与世界实践的方式。在写作中，她成为"阿勒泰的李娟"；与此同时，"阿勒泰的李娟"也规定了她的写作道路。道路漫长，打破自我的限定对她而言可能是巨大的冒险。但冒险是值得的，因为一个有着持续创作活力的作家正诞生其间。

《中国现代文学研究丛刊》2019年第5期

未知死，焉知生

——鲁敏论

在鲁敏的小说里，我辨认出死亡。有时候，死亡被每个汉字、每个语词、每句话浓墨重彩地渲染着，声势浩大地宣誓着它对文本主题的所有权；有时候，它静静地趴在小说的空白处，像一个庞然巨兽，发出咻咻的气息声；有时候，你以为摆脱了它，却在猝不及防的时候与它迎面相逢，并奇异地踏上了另外一条小路。可以说，死亡是鲁敏小说显在或潜在的主题，结构甚至信念。我有一种预感——如果不谈论死亡，我们可能对鲁敏一无所知。

一

死亡是在什么时候被意识到的？它是如何由一团薄雾般

的思绪中并不分明的存在,幻化成实际的轮廓,长出血肉,进而控制一个人的情感、思想和行为?在鲁敏看来,时间、空间,甚至偶然事件,都有可能让我们的意识从日常情境中抽离出来,进入被死亡控制的地带。然而,也只有进入这一地域,我们才能从本质意义上思考,生存究竟意味着什么。

《西天寺》就是从空间——墓园和时间——清明节进入对死亡的意识的。小说的主要情节,是符马一家人到西天寺给故去的爷爷上坟,贯穿始终的,是符马的无聊感。他无聊地观察着琐细的上坟过程,观察着一大家子所有人的表现,观察上坟后吃饭的情景……无聊感延续到了饭后他与"那个女孩"的约会,他试图去抵挡无聊,却发现自己根本无计可施。这里有一个有趣的细节,当符马无聊的时候,他开始捣鼓手机的各种功能,无意中打开了计时器,看到"数字飞快地翻动","真把他看得呆住了"。计时器的细节随后在小说中又出现了两次,大大加强了其寓言性。鲁敏为什么要通过上坟这件事来写符马的无聊感?事实上,正是通过这样的情节设计,死与生构成了对峙的两极,连接这两极的是飞逝的时间。越是意识到了死就在生的隔壁,越是感到了生的无聊;越是觉得了无生趣,越向往死的世界。所以,在一场性爱之后,符马陷入了睡眠——"这一觉多么漫长,昏死一般,简直像到了另一个世界,要是能一直待在那里多么好。"如果说还有什么能对抗死的,就只有回忆了。在回忆中,符马感到了幸福,但即使重复记忆中的行为,也只能让幸福感略略停留片刻。某种意义上,鲁敏延续的是现代小说的主题——人在现代生活中的不适。这一主题需要在死的参照下才能得以言说。为了进一步强化"死",鲁敏特地安排了一个出租车司机,在符马耳边不停地絮叨,从电台关于死的讨论,到司机本人对死的畏惧,再到南京这座"六朝古都"是"死人一层层堆出来的"。"他突然感到,自己身下的这辆车,好像成了这个城市的最后一辆车,为了奔赴一个末日的约会,正艰难穿行在一个拥挤不堪但不见人烟的地带,那些消逝了的肉身、败落了的繁华恍然再生,相互层叠覆盖着,发出震耳欲聋的叹息。"这样的感想是符马的,也是鲁敏的。从这里,我们可以猜测,南京这座城市或许让鲁敏对于死亡有了更历史化也更加感性的认识,她将一步步探究死,书写死。

死亡披着缁衣而来,大约平常人对它都避之唯恐不及。鲁敏在《离歌》里却书写了一个与死亡为伴的老人,笔触那么轻柔,那么体贴,就连死亡本身也变得让人安心了。小说是这样开头的,"暴雨下了整整一夜,三爷惦记起东坝的那些坟茔,其下的肉身与骨殖。陪葬衣物,以及棺木,必定也在泥土下湿漉漉地悬浮着吧"。多么奇崛!就好像死亡以及与死亡有关的一切,不过是些平平常常的所在,就像邻家的菜地、路边的野花那般家常。《离歌》中的三爷从事的是与丧葬有关的事情,在这个老人身上,我们看到的是体面、尊严、细致,不仅如此,死亡还影响到了他的人生观——无得便无失,无生便无死。就这么一个被东坝人视为阴间和阳间信使的老人,时时安慰着为自己安排后事的彭老人。在那一夜,当他驾着船,载着彭老人的魂灵往返两岸时,我们的心都分外柔和了。这真真是传统中国人对待生死的态度,既来之,则安之,像对待生一样好好对待死。如此而已。

偏偏有人参不透这层道理。《死迷藏》里的老雷显然更像《西天寺》里的出租车司机，对死亡有着莫名的恐惧。因为看透了生与死，三爷有着恬淡踏实的人生。在这篇跟死亡捉迷藏的小说里，鲁敏仿佛是为了试验，那些害怕死亡到极点的人，又会拥有怎样的人生呢。如果说出租车司机是被5·12地震吓破了胆，从此不敢再走地下的话，那么，老雷则是从小钱的意外死亡突然意识到了死亡之偶然。大多数人，会对意外的死亡悚然而惊，会感慨命运的不可控，然而，执着如老雷，则一定要千方百计地堵上意外死亡的口子，确保自己站在生的这一边。于是，他在小黄本子上记下了可能导致死亡的各种事项，避免自己和家人任何踏上死亡地界的可能。然而，在对死亡的围追堵截中，老雷渐渐失去了生，他的妻子、孩子，他引以为傲的小日子，从他攥紧的手中流出去。一个跟死捉迷藏的人，最终被死紧紧抓住，没了生路。有意思的是，老雷最终选择了他曾经那么恐惧的偶然性，来踏上死亡的旅程。老雷终于接受了生与死的偶然，而"我"，也感到了幻灭——"肉身薄如蝉翼，所能做的，便是对偶然妥协，并勾肩搭背地与之同行，与之苟合。"

说到这里，我们可以略略靠近鲁敏的生死观。在她看来，死，没有什么可以畏惧的，它像一个不言语的伙伴，静静地坐在你人生的边上。你所能做的，不过是好好对待生，进而有尊严地、体面地对待死。

二

生有时，死有时。假如你的人生，曾经遭遇过他人死亡的暗礁，会不会有什么不同？《墙上的父亲》讲的是王蔷一家的故事，这故事却是从父亲说起，或者说，从父亲的死亡说起。

一个失去了父亲的家庭，大抵是穷困的。小说的笔触似乎一直围绕着王蔷、王薇和母亲的穷困打转，她们居住的L形公寓里十九平米的小单室套，她们的节俭度日，以及由这贫困生出来的精神窘迫。这一切，当然得由父亲的死亡来承担，尤其是，当这死亡里还有如此多的疑惑，有着对父亲情感的怀疑的时候，正如小说里说的，"他的死亡像一个蹩脚的急刹车，右脚高高提起，狠狠踩下，却忘了同时控制离合器，好了，就此熄火，还翻了车，母亲、王蔷、王薇，整个家，全都被掀下来，一片狼藉"。

父亲的死亡似乎是一个微不足道的意外，但这个意外就像八爪鱼一样，牢牢控制了这个家庭每个人的生活，也控制了小说的走向。对于母亲来说，她必须用暧昧来获取生活的便利；对于王蔷来说，她的婚恋与父亲的死亡息息相关——是实用的，也得满足她突然被切断了的对父亲的情感依赖；对于王薇来说，父亲的死带来了安全感的丧失以及由之而来的贪吃和偷的怪癖。事实上，每个人在此后的生活中都不能正视父亲的死，她们一直背负着死亡这一沉重的包袱，艰难度日。理解了这一点，我们才能理解，为什么在小说的结尾，梦中的王蔷会"摘下尘灰满面的父亲，捧在手上——父亲可真轻啊，她托都托不起来的轻"。这源于王蔷的愿望,从父亲的死亡中摆脱出来,卸下心理负担,过一种更为轻松的生活。

这样的情节布局,在鲁敏的长篇小说《六人晚餐》中进一步强化。晓蓝晓白如同王蔷王薇一样,失去了父亲,从此之后,命运开始拐弯。同样的,丁成功和珍珍失去了母亲。这才有了两家人坐下来,在每个周末吃一顿"嘴唇的开合中散发出无限的凄凉之情,一种共同努力着但并无改善的困境,赤裸裸、心知肚明的孤独"的晚餐。晓蓝有多惶恐,王蔷就有多凄凉;晓白有多孤独,王薇就有多没安全感。死亡,成了他们无法逾越的心理障碍。

如果重新梳理这两部小说,我们就会发现,它看似与死亡无多大关联,可是,死亡从一开始就伫立在那儿,鲁敏所描写的,都是死亡阴影之下的余生。所有的线索都是从死亡牵出;所有情节的进展,都是由死亡所推动;更有甚者,鲁敏小说的人物,也是被死亡所塑造的。他们的性格,或多或少都被死亡所扭曲,都有着某种"暗疾"。在王蔷,因为缺失,她见不得父女之间应有的亲密;在王薇,她对吃的贪婪与偷的渴望,就连晓白的性格与体形,都是死亡所带给他们的心理反应。从这个意义上说,鲁敏对于人物的外在行为兴趣不大,她永远想要探索的,是人物的内心,特别是意识之下的暗中涌动的甚至不为她本人所知晓的潜意识。她热衷于心理分析,所以在小说中屡见大段大段的对人物的心理分析。有时候,她甚至额外创造出一个心理医生,充当自己的代言人,便于连篇累牍地展开人物的心理分析。老实说,这并不是我喜欢的类型。在我看来,人性之幽深之曲折，远远不是精神分析用若干个概念和术语就能抵达的。这恰恰正是小说的魅力所在。作家所要做的，是引导我们来到人性的深潭，便静默不语。那些可说的与不可说的，都交给读者自己吧，让他凭借自己的经验去测量。说出来的，不过是其中很小的一部分，但有可能限制了读者的理解。

三

死亡是一些人命运的开端，却是所有人命运的结尾。一般来说，小说家不大选择用死亡来给小说结尾，这大概会显示出某种计拙。鲁敏没有被所谓的规矩限制住，她对于人物死亡的描述也确实别致，让人过目难忘。

在《不食》中，读者就像小说中的"我们"一样，关注的是秦邑的"怪癖"，他吃什么不吃什么，他这种吃法让他变成了一个什么样的人。当然，此前的秦邑不是这样，他之所以变成这样，缘于一次醉酒落湖之后的濒死体验。对，鲁敏根本就是将之描述为"死亡"。这是我在鲁敏的小说里第一次看到她对死亡的直接描述——"他不沉默，不腐烂，亦未被吞噬，好像余生都将这样下去：油腻腻、白痴般地漂浮，一种惰性的、毫无价值的永生……"看，死亡与永生竟然有某种相似之处。同鲁敏的其他小说一样，死亡体验改变了秦邑，使他恍若新生。但注定了，新生是脆弱的。在"我们"恶作剧般的考验下，一个不懂得拒绝的秦邑重新卷入了欲望之中，那么，结局只能是再次死亡——"干瘦的身体被石膏与白纱布包缠得不见天日,像块没有铭文的墓碑,四面八方插满粗细不同、颜色不一的管子"。这样的死亡,同漂泊在湖面上的死亡相比,是多么空洞、单调与乏味啊。但,这难道不就是我们生活的隐喻吗?单调的生,只配得上单调的死。

同秦邑相比,穆先生的死亡就显得颇为诗意,更像一个小说人物的死了。在《铁血信鸽》中,穆先生患上了"意义缺乏症"。无论是热衷于养生的妻子,还是功利的养鸽人,都让他觉得无趣。然而,他却在一只灰色、尾部一圈黑色的"X"形花纹的鸽子上找到了意义。鸽子意味着自由飞翔。这只鸽子仿佛在宣布一切都是错,因而更让穆先生崇拜且渴求。可是,这只寄托了他意义的鸽子却时有时无,始终无法确认是否真的存在。到了结尾,穆先生幻化成了一只鸽子,腾空而去。鲁敏描述的文字颇有画面感——"有个身穿睡衣、微胖的中年男人,如跨越某道鸿沟般跃出人世的阳台,继而往侧上方飞去;他肥大宽阔的肉身,在风中缓慢而沉重地飘动、上升,直至化为一只怪模怪样的灰色大鸟,其情状,超逸尘世,美不胜收。""微微发红的晨光中,一只尾部带有'X'形黑色花纹的巨大的鸽子正忽近忽远地盘旋着、徘徊复徘徊,像要在最后的道别之前,唤醒这仍在沉睡的红尘,并致以苍凉的祷祝。"这样的死亡,称得上飘逸了。在这里,鲁敏似乎赞同了穆先生对这庸俗且无意义的尘世的抛弃,赞同死亡的超越意义。

同样的,《六人晚餐》的死亡也有着奇异的美感。《六人晚餐》的叙述是从十字街上的爆炸开始的。这爆炸是偶然也是必然,所带来的直接后果是小说主人公丁成功的死亡。丁成功的死亡，怎么说呢，既是个偶然也是必然。看上去似乎是爆炸让他悬空的玻璃屋坍塌，将他埋在了下面。而事实上，丁成功本人也没有活下去的念头，晓白让他意识到了他所珍视的一切是假，珍珍则让他意识到晓蓝将和他一起重新跌入这亲切熟悉而又百般想要挣脱的厂区。这一切，促成了他的死。"可是死亡的念头熟稔地最后一次光顾了，疾如闪电地光顾了。它水到渠成地就手替丁成功挑选了一根楔形的玻璃，并陪着他度过了血流汩汩的最后时刻，它还在丁成功快要失去知觉的时候，体贴地提醒他，用雪白的抹布遮住手腕，以便掩盖住这令人神伤的细节。"不得不说，鲁敏对他的小说人物是体贴的，即使是在选择死亡的时候，鲁敏都让他们同其心爱之物在一起，就像穆先生看见了那只鸽子，丁成功选择他一生挚爱的玻璃结束生命，仿佛有了这些，死亡不仅不是可怖的，反而是亲切的，让人神往的。

四

鲁敏的"东坝"系列收获了一致的好评——"婉转的语势，闪耀的修辞，繁复的细部，荒凉的意境……加上它那奇妙而美好的构思"。想象中在东坝这一片至善至美的理想化土地上，似乎不应该有死亡，可有趣的是，死亡也频频造访这里。且不必提上文所提到过的《离歌》根本就是以死亡为题材，其他篇章里，也不乏死亡的影子。

《思无邪》，恰如小说题目所揭示的，是一个"无邪"

的世界。兰小的痴呆,被描绘成婴儿般的天真;来宝对兰小殷勤的无微不至的照顾,被描绘成至诚的善意。这两个人碰在一起,即使发生了超越伦理界限的性事,在东坝是被以最大的善意对待的。眼看着一件"有邪"的事情落实为一桩体面的喜气洋洋的婚事,我们和东坝人一起放下心来,准备迎接一个美好的结局的时候,死亡猝不及防地来了。兰小和孩子的逝去,将热烈的情感迅速平复下来,然而这死亡又不是悲伤的,反而是平静的。平静中有某种人世的真谛在。

鲁敏为什么要这么处理?这个问题可以先按下不表。不妨再看看另一篇小说《逝者的恩泽》。这篇小说也是以一个男人的死亡开篇,陈寅冬,这个死在异乡死于意外事件的男人,给东坝带来了古丽和她幼小的儿子,带来了一连串的故事。看上去,这也是一个十分美好的故事。红嫂对古丽是包容,反过来,古丽又成全了青青对于爱情的幻想,最有可能发生龃龉的人们之间反而相安无事,甚至可以称得上相亲相爱了。这大概就是"逝者的恩泽"吧——小说里这样写道:"也许他就是没有死,他只是用这种死的方式,活在某个地方,他希望由于他的消失,能够促成一个家庭的壮大,能够让红嫂与古丽、青青与达吾提在同一个屋顶下吃食与睡眠。"这真是让人温暖的美与善。对此,评论家程德培却锐利地发现了其中的破绽,他说:"无需置疑,所有的人都需要温暖、友善与关爱,而且为了别人的需要不可避免地需要付出与牺牲,忘却自身的需要。《逝者的恩泽》制造了这样的需要,它的悖论在于利己的实现依靠另一种利他,每一个人的利他的实现都包括另一种利己,如此循环，最终只剩死者陈寅冬了。"我相信，程德培所指出的，鲁敏本人也察觉了，或者说，她刻意利用死亡来戳破这美与善。

现在，我们可以理解为什么鲁敏在《思无邪》中没有让兰小和来宝一如既往地过下去了。她虚构了东坝这样一个洋溢着美德，充满了理想主义的地方，为人与人之间的美好感慨唏嘘着。但是，她自己并不信任这一切，于是，她需要死亡，来让她精心构建起来的纸上乌托邦崩塌。这既是人世间的规律——好的是不长久的，也使文本内部构成张力，达至某种平衡。从某种意义上说，死亡，是内容，也是形式。

五

《六人晚餐》是鲁敏第一部有份量的长篇，可以说，她把很大一部分自己放进了这部小说中。如前所述，《六人晚餐》中浸透了死亡的叙述。只要想一想这部小说的题目，我们就不会怀疑这一点。顺便说一句，鲁敏擅长给她的小说们寻找到一个与主旨极其吻合的题目，这也是一种天赋。

《六人晚餐》中最重要的意象，是两个临时家庭拼凑在一起开始周末晚餐的景象。正如毕飞宇描述的那样，这是"中国式晚餐"。梁鸿补充说："《六人晚餐》是以一种漫长而细致的回溯方式去不断阐释两个家庭六人晚餐时各自的姿态、神情以及内部流淌的气息。'六人晚餐'在文中有很强的雕塑感，流动之中的瞬间凝固。这一凝固是静态的，但却蕴含着过去、现在和未来的所有命运。那餐桌上的咀嚼、吞咽和姿态是如此充满决心，又如此各藏心事，以至于我们不得不把目光停留在'晚餐'上，观察那餐桌上的食物，餐桌边的人物，餐桌外的楼房、厂区和流动在这屋内和屋外的气息。"她说的我都同意，不过，不是六个人，而是八个人，亡灵也加入了晚餐。是他们默默控制着那没有说出来的一切，进而控制了他们每一个人的命运。

其实，除了晚餐，小说还有两次野餐值得注意。如果说，晚餐是凝重的，一如小说的氛围，那么，野餐则是小说中少有的轻快的一幕，特别是，当我们想起来这野餐根本是为了悼念死者而举行的。没错，一旦笔触来到清明，鲁敏立刻显示出某种得心应手。一边是晓蓝晓白家对爸爸的追念，晓蓝就像鲁敏一样，对死本身充满了兴趣；一边是丁成功珍珍家郑重其事的上坟。于是，就有了两家人的野餐。野餐这一情节在小说中至关重要，这是头一次，两家人打开了之前拘谨隔膜的状态，和谐愉快地相处。每个人似乎都跟平时有一些微妙的不同了。而正是在这次野餐过程中，晓白注意到了晓蓝和丁成功之间毛茸茸的正欲萌发的情感，构成了小说的主要情节。叙述者甚至跳出来评价说："这简直可以说是喧嚣而有趣的一个清明祭。"以死亡的名义聚集起来，却洋溢着勃勃生机，给小说中的人物打开了各种可能。这样的野餐还有一次。"十几年后的另一个初夏，曾经的亲人杳不可追，新鲜的死者又加入地下，他们当中的苟活者们，重新走到一起，用红布包裹着，伴随着汽笛那走了音的漫长鸣叫，把亲人们的骨灰抛入脚下浑浊的江水……"如果说,周末晚餐是死者不在而在的聚会,那么,野餐就是为了死者的聚会。第一次野餐,是故事的发端;第二次野餐,则是故事的收束。两者之间,是光滑的弧线——时代从颠簸趋至平静,人物从隔膜趋至和解,旧的逐渐消失,新的在孕育之中。这大概也是鲁敏对于死亡最心平气和的理解。

作为一部长篇小说,《六人晚餐》所蕴含的主题是多方面、多层次的,任何单一主题的长篇小说必然单调乏味到不忍卒读。也许鲁敏本人偏爱现代主义的小说,但是,《六人晚餐》恰恰从十九世纪经典小说传统中汲取了力量。一群来自较低社会阶层的年轻人,如何离开他的家乡,去寻找新的生活。对于晓蓝们而言,厂区就是他们的家乡。对于这个家乡,晓蓝们的情感是含混的,他们既留恋又憎恶,在步履蹒跚的成长过程中永远无法摆脱厂区所带给他们的烙印。与十九世纪作家不同的是,鲁敏无意于描写他们离开家门之后的冒险,她更多地将笔墨放在他们黏稠复杂的关系上,放在他们犹疑多变的内心生活上。这一点,又与现代主义的作家息息相通。

丁成功和晓蓝的关系是这部小说的点睛之笔。就我目力所及,鲁敏不大表现男女情爱,但她处理起来确实别开生面。因为怀着对逝去亲人的怀念,丁成功和晓蓝在相遇之初是有隐约敌意的,但这敌意在共同对抗苏琴和丁伯刚的过程中迅速瓦解,加之晓白和珍珍的添油加醋,这份情感有了生长的可能。某种意义上说,丁成功和晓蓝更像是精神上的兄妹,他们有着共同的出身,都聪明、敏感,都不认命,希望通过自己的努力在社会结构尚未凝固的时代跨越阶层,实现命运的转折。但境遇的差异使他们之间永远像隔了块玻璃——他们能看清楚彼此，但无法触摸。一旦玻璃碎掉，死亡也就如约而至了。鲁敏找到了一个特别漂亮的意象，来形容丁成功和晓蓝的关系：玻璃，让人难以忘怀。当然，小说还蕴含着许多小主题，比如，道德与欲望，忠贞与背叛，父与子、母与女，共同构成了音色和谐的奏鸣曲。

这部小说打动我的另一个原因是，它唤起了我沉睡的记忆。我和鲁敏是同代人，同代人的好处是，一起穿越了这个时代的风云，拥有大致相同的贴肤感受。对于我来说，《六人晚餐》成功地唤起了我的儿时经验。像丁成功晓蓝一样，我也是厂区的孩子，亲眼目睹了厂区从繁盛到衰败的过程。只有在阅读中，那些来源不明性质不明的气味又重新将我包裹。

从这个意义上说，《六人晚餐》有着成为杰作的潜质，却不幸地止步于此。我以为，鲁敏对于内心生活的过分重视，让她在小说的一些关键切口处轻而易举地跳过去了。比如，作为厂区的孩子，丁成功和晓蓝们似乎从来没有深入到厂区的腹地，去看一看属于这一时代的庞然大物究竟是什么样子。丁成功如此痴迷于玻璃，但显然，他执着的是玻璃的形而上学的意义，他如何看待玻璃的物质一面完全被忽略了。事实上，这是塑造人物性格的关键因素。小说写到了国企的改制，这是时代生活急剧变化的一幕，丁成功被安放在这场改革的风口浪尖，以他的悟性，他不可能看不到从此之后工厂所面临的衰败命运以及社会阶层的急剧分化。这是一个多么富有意味的窗口，但鲁敏放过去了，仅仅将之作为人物的一段经历。这里面蕴藏着的历史的能量，还未得到充分打开。再比如，晓蓝，一个多么聪明自信，野心勃勃想要改变自身命运的姑娘，但是，她的努力完全失败了，最后只能通过婚姻实现阶层的跨越。这期间，她遭遇了什么？她又是如何对待的？鲁敏似乎语焉不详。我们也无从想象当她试图回到原来的阶层时又会遇到怎样的困境。晓白的故事也好，珍珍的故事也好，都发生在中国这艘古老的大船发生摇晃的一瞬间，他们的故事不仅是他们自己的，更是中国的。朗西埃说："巴尔扎克式的观察者，他会看到某个时代和某个社会的历史就写在某张面孔、某件衣服或某个建筑门面上。左拉式的画家就在集市的货摊上或在《妇女乐园》的货柜里直接抓取现代生活的伟大诗歌。雨果式的观察者会下到巴黎下水道，以便寻找这位'伟大的犬儒主义者'所收集的真相。"可惜的是，丁成功晓蓝们本来可以照亮历史的面孔，却因为过于沉溺于个人而黯淡了。

六

"每个人的生命都是一条河流。"鲁敏说。以河流隐喻人生，她看到的是命运感与行进感。这一感触或许正来自她的人生。如果每个人的生命都是一条河流，那么，到了2018年，鲁敏的人生之河拐了个弯。这一年，她考入了鲁迅文学院与北师大合办的研究生班。也是这一年，她到中国作家协会挂职书记处书记。这意味着，她将按下现有生活的暂停键，从熟极的生活中抽身而出，来到北方，开始新的生活。四年后，鲁敏的最新长篇小说《金色河流》面世。她隐藏的诸多思绪似乎都借英国哲学家罗素的一段话作了倾吐——

> 人的一生就应该像一条河,开始是涓涓细流,被狭窄的河岸所束缚,然后,它激烈地奔过巨石,冲越瀑布。渐渐地,河流变宽了,两边的堤岸也远去,河水流动得更加平静。最后,它自然地融入了大海。

《金色河流》是鲁敏的"总结之书"。她终于有机会停下来,深情回望写作生涯,一一清点曾经为之激动不已、书写不休的主题,比如在而不在的父亲、欲语还休的精神暗疾、肉体本能的暴动,以及一场为了告别的晚餐。这是她的生命之火、创造之光。这标识了她的来路,也帮助她认识生活、理解世界。她慢条斯理地将这些锦绣编织进那条她看到的河流里。"要有光。"她仿佛念念有词。河水流动,光彩四溢。

《金色河流》又是鲁敏的"转身之书"。如果说,此前,鲁敏一直以人的心灵世界为方法,寻求解题的路径,现在,她强烈意识到时代之光对于心灵世界的照亮、折射与投影。她不再从熟悉的生活经验出发,而是放宽视域,从历史的流变、社会的根脚、时代的缝隙、生活的尘烟里,发现心灵的秘密。鲁敏的这一选择亦可见出一代70后作家的志向。他们这一代作家,是在先锋文学的影响下开启文学之路的,"怎么写"的问题向来比"写什么"更紧迫。然而,或早或晚,他们会被另外一种力所推动、所征服,重新定义自己的写作。从这个意义上说，鲁敏的"转身"意味深长。

那么，《金色河流》讨论的是什么？鲁敏自己的说法是："《金色河流》写的虽是物质创造与流转，但内核里，是作为改革开放的同代人和在场者，感受到的一种激流勇进的时代情感与精神投射——这是写给一代人的。"作家的自我阐释，某种程度上规定了批评的方向与边界。阐释者多以"物质创造""改革开放"为《金色河流》张目。"《金色河流》在内容上固然是放眼中国改革开放以来的发展历程，设立特区、民企兴起、国企改制、下海经商、资本市场、计生政策、结对助学、振兴昆曲等若干重要时代关键词均有闪现，一种勃勃昂扬的时代基调折射出二十世纪八十年代以来中国百姓物质创造与心灵嬗变的发展历程。""《金色河流》重在挖掘和呈现四十余年中先富起来的一拨人在财富增值过程中的心路历程，其商海沉浮和商战拼搏是略写和虚写，而财富传奇中复杂的人性凝视与探究以及中国式财富观念的变迁，才是小说的叙事着力点。"是的，这的确是《金色河流》所附丽的巍峨时代，但似乎还不能包括全部。在这部小说里，鲁敏发明了一种全新的结构方式。这么说吧，她就像一位塔罗师，她的水晶球就是高速旋转着的时代图景。她为每一位人物发牌：这是他们的命运之牌。底牌决定了他们的性格、欲望与情感。可以想见，他们将围绕这张底牌开始人生的冒险。当然，不完全是被决定。当他们被写就时意味着他们获得了真实不虚的生命。对于命运之手，他们也会反抗，并在接受与反抗之间步入人性的幽微森林。是的，鲁敏在《金色河流》中展开的是一场人性的拼图游戏。

穆有衡，人称有总，拿到的牌面是金钱。这是一个有意味的选择。许多作家，包括此前的鲁敏，会在小说中有意回避金钱的影子。他们对于金钱似乎有一种根深蒂固的刻板印象，简单地将金钱等同某种物质欲望，并默认这种欲望是对人的摧毁与异化。鲁敏决心打破这一成见。鲁敏想要讨论的是，在一个将金钱作为最终目的的时代，金钱能否提供远远超出金钱的价值旨归？经济理性与道德理性的关系如何？就这样，风烛残年的有总在神神叨叨的自我辩护与缝隙丛生的他人讲述中登场了。

为什么是金钱？我理解，这是鲁敏对于一代人生活经验的强悍总结。当市场经济的大潮席卷中国社会的时候，以金钱为核心的经济结构以摧枯拉朽之势摧毁了既有的一切，深刻地改写了社会结构，最终，对人的精神版图产生了深远影响。对许多人来说，金钱成为一切事物的衡量仪。鲁敏想追问的是，这一切究竟是怎么发生的？

对金钱的起念，从根本上说源于饥饿年代的匮乏。有总讲述的吉祥吃烤蚂蚱的故事、有总和女同学云清共吃一个小面饼子的故事，尽管着墨不多，却是这一代人生命中浓墨重彩的记忆，也接续了中国当代文学的饥饿叙事。讲的是饥饿，然而这饥饿里有人与人之间的脉脉温情。这又是鲁敏与其他作家的不同了。吉祥的烤蚂蚱，是各家放羊的孩子围在一起，有点游戏的意思。而有总的吃小面饼子的故事，其实是对女同学云清的无限怀念。可以说，有总的金钱故事，其内在的芯子是情感，是生死兄弟，是父子手足，是人间儿女。由此引出了吉祥，有总的好兄弟，他的情感软肋，整部小说不在而在的关键人物。吉祥是有总投身商海的引路人。吉祥从商，是不得不走。改革开放的风刮过来，那旧体制下的人与事更是没了生气。吉祥已被欠下五六个月的工资，情感又不顺利，南方不免成了生机所在。而此时的有总，还不是日后点石成金的有总，是一个拖着两个孩子，对公家饭碗恋恋不舍的失意人。只有吉祥蹚出一条金光闪闪的财富之路，"无"才能化为"有"。

既然这条金色河流之下流淌的是中国人念兹在兹的情义，那么，金钱与情义之间，会发生怎样的化学反应呢？将有总与吉祥扭合起来，似乎正是为了说明这一点。在有总的回忆里，吉祥有一个完美人格。他具有非同一般的魄力与眼光，纵身跃入时代的浪潮中，并如其所愿地成为弄潮儿。此时，金钱的魔力已经初见端倪。小说借吉祥之口说，"有一样东西，是能跟人上人平起平坐，去叫板，甚至能压过一头的。啥呢，钞票"。这意味着，在改革开放之初，经济资本已然获得了可堪与政治权力相抗衡的位置。发达以后，他并不轻贱昔日的兄弟，在蹚过三年水、初识水性之后，他要带着他的好兄弟去泅渡金钱之河。接下来发生的，似乎是一个偶然，然而，小说正是由这样的偶然构成。偶然，某种程度上也是必然。吉祥在替有总出差的路上出了车祸，且撒手人寰。他将自己恋恋不舍的情感牵挂与初具规模的经济资本一股脑儿托付给了有总，似乎是让有总代替他好好活下去。从这个意义上说，有总也是借命而生。我不期然想起了石一枫的小说《借命而生》。《借命而生》中的姚斌彬和许文革也是一对金石交，两个人彼此的理解与互相成全，几乎与有总与吉祥如出一辙。《借命而生》的核心事件是姚斌彬和许文革的越狱。作为一个有技术，也有主见的"新人"，当姚斌彬知道了自己已经因为所谓的"偷盗"事件失去了劳动能力，他认为自己已经彻底失去了进入新时代的资格。他所能做的，是通过逃跑将警察的注意力吸引到自己身上，从而给许文革一条生路。也就是说，眼看着一个新时代的闸门在他眼前缓缓落下的时候，他选择了以一己之身扛住闸门，让许文革逃出去。而在《金色河流》里，永远留在改革开放之初的是吉祥，他以他的生命为有总换来了一个绽放着金色光泽的明天。

对于吉祥而言，这是一个有情有义的中国式托孤的故事，对于有总而言，这却是一个背信弃义致使孤儿寡母流离失所的故事。可是，倘若没有这么一笔，有总也不可能真正走进金色河流。他会像许许多多时代车轮下的无名者一样，消失于虚空之中。有总的"有"，正是诞生于对吉祥们的亏欠中。情义成全财富，道德铺就利益。这是这个时代独有的辩证法。我以为，《金色河流》一锹一铲地将吉祥从有总的意识深处解放出来，是为了提醒我们正视那些牺牲，正视有总们努力压抑下去的道德体验。当有总决心背弃吉祥的嘱托，奔向那条金色河流的时候，这也意味着，他将在经济人的道路上一路狂奔，不再回头。某种意义上，有总的创业史、发家史就是一个理性的经济人追求利益最大化的过程。鲁敏无意于细描"当资本来到人间，每一个毛孔都滴着肮脏的血"的过程，不过，通过有总语焉不详的三言两语,我们也能猜出个大概。有总能成为有总,无非是顺着政策红利的大动脉乖巧地往周边走的过程,无非是瞄准人的欲望、满足欲望制造欲望的过程,无非是与不同人等搞关系的过程。小说以谢老师之口,概括有总这一代小老板的生意经:"他生生地,就是靠着'多个朋友',这也是他们那帮子小老板的一个共同点,反正就这么大一个池子,非敌即友,你上我下,你左我右,四下里共同搅动,最终发打出最肥的一层黄油,大家各自得利便成。"有总这代人,是从市场经济的荒原上一路厮杀过来的,彼时,规则尚未建立,制度亦未完善,他们完全依凭本能行事,追逐金钱的同时也是在试探规则的边界。问题在于,有总们是否意识到,他们在拥抱金钱,金钱也在借他们之手形塑世界。

这是怎样的世界呢?一方面,金钱挥舞着魔力棒,让这个世界愈发朝鄙俗化的方向疾驶。有总和他的兄弟们在完成财富积累后,致力于收藏、养生、静修、学佛……都是无意义的挥霍。原先至亲至爱的金钱,此时仿佛成了有总们的仇人。金钱来到他们身边,仿佛就是为了以各种各样的形式离开他们。从这个意义上说,人不过是金钱来来去去的驿站。可是,另一方面,作为一个从匮乏中挣扎出来的人,有总十分清楚,金钱并不全是罪恶,金钱同样能带来抚慰,可以满足人的梦想与愿望。也就是说,在有总这里,冷冰冰的金钱是可以进行价值转化、兑换成情感属性的。这也是为什么,有总完全不理解,也不试图理解慈善的现代意义,他做的神仙佬儿式的小游戏,是为了再次体验困厄中的人经由金钱这朵烟花被照亮的过程,就像他曾经的那样。从这个意义上说,有总对于金钱的态度是一体两面的,金钱在他那里,既是物,又不止于物,它是人生的过程、手段,又是目的与终点。因此,有总对于金钱有一番感喟:"钱哪,会有它自己的主意和方向。要知道,我这辈子经过的所有事,不管好孬,都不是我这个'人'在做主,而是'钱'。从来都是钱在后头装神弄鬼、兴风作浪。败,是它,成,也得是它。"这位与金钱缠斗一生的老人将完成最后一击——以金钱为杠杆,让迷失的孩子找到自我,让这个摇摇欲坠的大家庭重新复位,就像《六人晚餐》那样。事实上,这也是《金色河流》的全部故事,也是小说活力之所在。鲁敏说,有总是中国小企业家,特别是带有家族背景的小城企业家的典型代表,也许我们不像有总那般堆金积玉,但谁又能说有总的故事不是我们每一个人的故事呢。

王桑拿到的底牌是艺术,或者更具体地说,是昆曲。这是鲁敏的珍爱,亦是她对小说人物的馈赠。让一个富二代无限沉迷于昆曲这门古老的艺术,鲁敏为什么要做这样的情节设计?我猜想,当有总与金钱的互搏占据文本表层,吸引读者注意力的时候,总得有什么能够跟金钱形成抗衡。在鲁敏看来,除了艺术,别无他物。从这个意义上说,王桑的人生底牌,其实也是鲁敏的人生态度。

当然,仅仅因为作家的狂热钟爱还不够,作家还需要以严丝合缝的逻辑说服读者坚定不移地相信,小说人物势必要踏上这条道路。那么,对王桑来说,这一切是怎么发生的?如果说,有总的困境是匮乏,他需要挣脱贫穷的罗网,与金钱交手，那么，王桑的困境则是不自由。子一代是丰裕的一代，他们不需要处心积虑创造物质财富，却早早地被锚定在固有的轨道上，失去了生命应有的生机与活力。是啊，不得不承认，跟"羽张似箭、带风如割"的有总比起来，王桑这一代确实显得孱弱、萎靡。但是，孱弱者也未必不能扳回一局，比如，在艺术这件事情上。

某种意义上，王桑趋近艺术是与有总精神较量的结果。父子之间充满张力的伦理关系，向来是鲁敏创作的着力点。这固然与作家本人的人生经历有关，也是她用力甚深的精神问题。在一次对话中，鲁敏坦承，即使生活中她与父亲的关系不若如此，她仍然会将父性作为一个穷极追索的母题。"因为这不是对具体一位父亲的渴望，而是对父性的一种悬空指认，这种指认是无血亲的，是一个精神上的抽象父性，其强悍又慈悲，懂得灰色，懂得绝望，足以构成备案式源泉。"有总大约就是这么一位父亲。在有总看来，他对于金钱的渴欲很大程度上出于对于家庭、对于儿子的责任。也是出于同样的原因，他按照自己对世界的理解一笔一画雕刻王桑的人格，深谋远虑地筹划王桑的未来。然而，我们都知道，绳子的一端拉得越紧，另一端就越容易反弹。即便没有外界的否定与反感，或早或晚，王桑也会揭竿而起，反抗有总的成功学规训。文化与艺术，就成了反抗穆总以金钱为核心价值观的最佳战壕。

当然，王桑沉迷于昆曲，最根本的原因还是昆曲与他内心的合辙押韵。这"韵"是什么呢？是熙熙攘攘之间的那一点冷清，是金色之下的那一点沉静，也是"无法赋予恰切意义"

之意义。叙述者兴致勃勃地剖析了王桑热爱昆曲的几个阶段，仿佛是鲁敏的夫子自道。"早些时，对服饰、装扮、台风、声腔等'声色'之味十分着迷，可能因为地域亲近之故，感觉不论是京、越、梆子、黄梅，几下一比，虽各有所长，但细品之下，都不及昆的精微、收敛、文人气十足。后来全本戏看得多了，又服气它各折之间跳跃洗练的节奏，别是一种以少指多、运命诡谲的时空转喻。再有一阵儿，关切起具体人物，哪怕是个过场小角，也自有一种切实的人生趣味。""最近，他是掉到戏文唱词里去了，这可真是最大一个米缸，掉进去就爬不出来哉。"于是，我们大约可以明白，王桑爱昆曲，爱的是昆曲最具"文学性"的那部分，是对每个人块垒与困境的理解与诉说，除此之外，也爱它的那份不为外人识，日益落寞的处境。这处境又何尝不是他自己的心境。假如止步于此，那么，王桑对昆曲的爱，是不及物的爱。鲁敏让王桑爱昆曲，不止是让艺术成为他疗愈内心的良药——这也是大多数人对于艺术的理解，更重要的是，她寄希望于王桑的爱，能为昆曲这样日渐被尘封到历史烟尘中的艺术探索一条新路。

那么，"我们一起来做做昆曲吧"。如何做？用王桑的话说，是"高雅的事情，通俗地来做，冷门的东西，热闹地做，传统的东西，现代性地来做"。说到底，鲁敏想借此讨论的是，高雅古老艺术如何随"机"而变，如何拥抱大众的问题。王桑与木良的分歧也正在于此。木良倾向于"守"。在他看来，昆曲之典雅纯正，正在于其千古不变。倘若变了，伤的是骨肉，是元气。在这个问题上，王桑却颇懂得变通。"其实哪有绝对的原汁原味,传送到每一代人手上,不都是其所在的当下此刻嘛。""真正的好东西,自然经得住加汤掺水、插科打诨。"在金钱的润滑下,这场关于艺术的创新与守旧之争有了结果。艺术在与时代的碰撞中,在与大众的互动中,意外地激发了新的质地。"昆曲+"的框架足以让古老的艺术敞开怀抱,将一切新的旧的、中的西的声气相通,"相逢于奔涌的人类之河"。那些与昆曲完全不搭界的路人,被导引着,到六百年前的时光里,做一场大梦。王桑成功地向有总,也向所有看不到、也不相信"无用之用"的人证明了艺术脆弱而恒久的价值。王桑呢,经由昆曲,他终于校正了从前对于金钱、对于权力的各种刻板印象。"应当公正地看待金钱,像看待阳光和水。应当爱慕商业,崇拜经济规律,像爱慕春种秋收,崇拜季节流转。"以昆曲为方法,他补足了人世的功课,也因此离有总更近了一些。他终于意识到,"他们都是前赴后继创造财富的人啊,是了不起的"。这是鲁敏渴盼已久的父与子的和解,也是作家对于我们这个时代的根本判断。

河山拿到的底牌是身体,或者说肉体。熟悉鲁敏的读者并不意外,这似乎是荷尔蒙系列的延续。鲁敏曾经谈到过她对身体认识的变化:"很年轻的时候,我对构成一个人的几个方面,曾有个一本正经的排序,降序:精神—智性—天赋—情感—肉体。那时候肉体是用来垫底的,觉得肉体是可以受苦的、可控制和可践踏的。排在前面的那几样东西,则都是要好好追求、保护和生长的,因为正是它们,在改变、推动并决定着人类以及个体的命运……但一年年地过着,上述这一方阵的排序在不断发生着变化，真像是有着'所谓人生跑道'那样一个东西似的，我总会眼睁睁地看到，学问情谊天赋信仰，常会在具体的情境中遭遇困难，气喘吁吁地相互妨碍、纷自沦落，最终恰恰是肉体，以一种野蛮到近乎天真的姿态，笔直地撞向红线，拿下最终的赛局——大人物、小人物，男人、女人，或许都是以肉身为介质，为渡桥，为隘口，从个体走向他人，从群族走向代际，最终构成世相与文明，自然也包括着动荡的艺术创造。"鲁敏用《荷尔蒙夜谈》的一系列小说，去推敲身体在人生大局里的效用。现在，在《金色河流》里，她安排河山举起身体这一大旗，与金钱、与艺术发生对撞，看看能撞出怎样的火花。

河山是小说里具有辨识度的人物。这种辨识度表现在她戏剧化的身世、难以让人忽视的外貌，表现在她像有总、王桑那般获得了自由抒发的特权，还表现在她所独有的锚定细节——对镜。在每每遇到大事之前，她需要这样一个小小的仪式，用镜子召唤出另外一个自我，打个招呼，仿佛镜子里的那个自我能给她勇气与力量去完成难以完成的生活似的。那么，作家为什么要赋予人物这样的细节？是为了说明人物怎样的性格特点？

河山有着极盛的容颜、悲惨的身世和强大的内心，是时下网络文学与影视剧中十分青睐的"美强惨"系人物。不过，严肃文学与通俗文学的分野就在于，严肃文学并不以"美强惨"人物的"大杀四方"为终极叙事目标，而是试图将这类人物"再问题化"，探索这类人物的核心。从一开始，河山的孤儿院经历决定了她的身体观。一个孤儿,被时刻教育着要感恩爱心,而她本人又一无所有、无所回报之时,身体成为她唯一所有物,她被迫要求以身体的表演来回报爱心。很快,因为这具皮囊的优越质地,她被深度卷入以身体为交换的犯罪体系中。这一切更加使她的身体观趋向变形。在她看来,这个世界过分性别化了,处处是对身体的窥视,人人企图从身体中获得什么。出于生存的本能,她狡黠地顺从这个世界,主动将身体工具化,由此获得生存的资源。从这个角度说,不能简单地从道德意义上对河山加以判定,她的丰富性正蕴含在她看待身体的方法中。

对河山而言,穆沧的出现是一种校正。这位患了阿斯伯格症的大儿童,祛除了一切性别化的成分,返回到天真无邪的儿童阶段。顺便说一句,在当代文学中,像穆沧这样智力有缺陷的人物不胜枚举,但是,穆沧几乎是我看到的最好的那一个。鲁敏毫不轻视他,而是温柔地用文字给他镶上了一层金边。他规律自足的人生,仿佛击破了我们应对世事的钢铁盔甲。他唤起我们心中最温柔的那一部分。他是整部小说的定盘星,也是情节的积极推动者。与穆沧相遇,河山仿佛是与幼时的兄弟姐妹重逢,因为他们同样隐遁于熙熙攘攘的人世之外,也因为他们分享了一种不含男女的情义。从这个意义上说,穆沧对河山是治愈,治愈她的"厌男症",也治愈她一路走来跌跌撞撞所受的伤。明了了这一点,我们就不奇怪,为什么刀枪不入的河山在看到穆沧的一只儿童塑料小马桶时,会开始流泪。她在穆沧身上看到了缺失了童年的自己,于是,保护穆沧,就等于保护那个曾经手无寸铁的自己。

理解了河山的心路历程，我们或许可以来细究"对镜"对于河山意味着什么？起初，"对镜"是外力推动的结果。几乎是半强迫的，魏妈妈用各种小玩意儿收拾打扮了河山，然后把她拉到镜子跟前，指引她去看，看哪，这哪里的美人儿。她试图引诱、规训河山，让她完成从孩童到女性的蜕变。因为，女性的身体是可以参与市场交换的。那么，河山呢？"就那时候起吧，你落下了爱照镜子的根儿，随便到哪里，哪怕是个水坑，是黑乎乎的车玻璃窗，是块摔碎的三角镜子，只要能见个人影，你都会稍作逗留，去跟镜中人对个飞眼。"读到这里，你或许会误会，出于女性爱美的天性，河山缴械投降，将身体的支配权悉数奉上。不过很快，我们就能看清，河山是《金色河流》里最为强悍的人物，甚至超过穆老爹。虽然同样是"对镜"，河山改写了它的内涵。鲁敏将河山的"对镜"视为"一个有点滑稽的启动仪式，是每临大事之前的小小序曲"。在我看来，这或许是原因之一，更重要的是，对镜的一刹那，肉身抽离，浮现在镜子里的那个形象，既是"我"，又不是"我"。正是这种在而不在的状态吸引了河山，让她在精神上将镜中人引为同伴、亲人。当然，身体不可能永远不在场。或者说，在穆沧的无知无觉中，在丁宁关于爱的讲述中，在王沧恳切的关于"你是个宝贵的人"的提醒中，河山会一点一滴重塑那个完整的自我。

终于要说到非虚构了，这是谢老师拿到的底牌。像鲁敏一样，谢老师也是个写作者，我们不妨武断地断定，谢老师关于非虚构的思考与实践，其灵感其实缘于作家本人。

作为一位小说家，鲁敏敏锐地感受到了"非虚构"在大踏步地"攻城略地"，给小说带来了某种竞争焦虑。"而小说对非虚构写作最有力、最迫切的互动，就体现在题材和主题上，体现在向历史、时闻、知识等'非虚构'的占有和索取，从而推动小说'非虚构'权重的强化趋势。"为此，她将自己的硕士论文选题定为小说领域里"非虚构"构成的策略性取舍与权重演变。她甚至还写了一个小说，叫《或有故事曾经发生》，讲述深度调查记者"我"是如何追踪一个女孩的自杀事件的故事，以此拆解"非虚构"愈发坚固的构成。在《金色河流》中，这位深度调查记者再次出现了，他就是谢老师。

深度调查记者，在许多人的记忆里，是与社会良心的坚守者联系在一起的。谢老师也确实如此。他举着贫穷、生命、当下与未来、价值与常识等金光闪闪的大词，将有总视为斗争的对象，一心要追寻新闻理想，孰料没几个回合就败下阵来。他被报社封杀，英雄没了用武之地。他来到有总身边，做公关总监，是现实所迫，也可以看作他期望以另外一种形式继续自己未竟的理想。大红皮本子上的林林总总的素材就是明证。显然，除了叙述者以外，鲁敏又选定了一个分身，创造了一个自己的同道。谢老师代替我们去看，去经历，去推动故事，也为了写作燃烧自己。这一选择颇有意味。谢老师在看的同时，也在被看，被小说人物看，也被我们看；在写的同时，也在被书写。谢老师仿佛是穿过不同平面的一双眼睛，当这些平面被折叠的时候，眼睛的位置也在发生变化。这变化透过写作思路的调整一一显现出来。

一开始，谢老师将写作定位于"黑暗原罪史"。这是深度调查记者的延续，也是谢老师自身经历使然。在他的，也是我们的想象中，金钱的积聚必然依赖于某种不义的手段，而嘲笑富人的不仁、揭穿富人的不义，理所当然成为写作的母题。谢老师积攒的写作素材，也大多用于说明这一主题。但是，当我们真正身处生活的洪流之中，我们就会惊讶地发现，无论怎样的道德主题，都无法涵括一个活生生的人的生活。谢老师发现，在有总的内心深处，还有一些真正的机密，不可语于世人的部分，是有总之所以成为有总的核心所在。这意味着从非黑即白的固定思维中挣脱出来，专注于人的行为和复杂性。此时，谢老师并未意识到，那个作为记者的他已然退场，小说家悄然上场。谢老师所要探寻的，也正是鲁敏的目标所在，即通过描绘一个人的生活，来告诉我们生活的真相：什么是生活，以及我们应该如何生活。

然而，从调查记者变身为小说家，并不意味着道路的终结，恰恰相反，新的困难如期而至。谢老师得到的一个建议是，将有总典型化、普遍化，将他塑造成"宏大、复杂的时代之子"。这似乎是文学创作的常规路径：作家都希望写出一个具体的、独特的一个人，通过这一个人折射出广阔的、具有普遍性的"这一类"，从而完成对时代的概括与表现。某种意义上，这正是鲁敏在《金色河流》中做的事情。当她将有总阐释为改革开放的同代人时，她也完成了对时代的赋形。有意味的是，谢老师在理性上接受这一文学观念，却在感性上拒绝这条道路。在他看来，和典型比起来，真实，是他更为珍视的品质。写作者将自己的生命全部押在了写作对象上，写作者与写作对象之间牢不可破的联系远胜其他，成为写作的出发点和目的地。于是，我们惊喜地看到，一个写作者奇迹般地理解了另一个写作者，鲁敏松开手，放任谢老师踏上了另外一条写作道路。这条道路是什么呢？是深度参与、介入，甚至身体力行地推动人物行动，改变故事的方向。当谢老师不断摩挲对有总的看法时，这看法必然会扩散开去，将有总和他身边最亲密的人层层包裹起来。写作的视角发生了偏移，从有总到"穆有衡和他的儿女们"。家庭伦理生活取代个人原罪史，占据了写作的中心。这位写作者不再是被动的旁观者，而是参与者，甚至是引导者。"他可以更深地介入，通过有意无意的推动，去调整他们几个的走向，编织彼此的缠绕，从而构成更有趣的戏剧对撞。"好了，在各行其是之后，鲁敏与谢老师竟然殊途同归了。他们默契地认为，财富的创造史固然是壮丽的，可是那些不能统统归之于时代的部分，家庭内部的隐秘与张力，似乎更加迷人。可是，谢老师介入得越深，越发觉得写作的不可能。他把自己完全放进去，与穆有衡和他的儿女们滚作一团，你中有我，我中有你，他再也无法置身事外，将他们编织成一个动人的故事。"虚构的非虚构"？鲁敏不无疑惑地提出这一方案。这或许是时代的大势所趋，但是，谁也说不好，这是不是写作的尽头。

如果每个人的生命是一条浩瀚的长河，深浅不同、清浊各异的河流奔腾不息、纵横交错，形成了汪洋恣肆的水域。金钱、艺术、身体和非虚构是这一水域的路标，是鲁敏文学世界的地貌。而"金色河流"，则是鲁敏对这一时代的指认，一如马克·吐温以"镀金时代"为他的时代命名。在鲁敏的注视下，金波翻滚，万壑争流，在激荡的时代风云之下，饱含着情义的生活静水流深。这金色河流里有鲁敏自己依然澎湃的热情与日渐绵长的沉思。

现在，我大约可以小小地描述一下鲁敏——那个经由文字所呈现出来的作家的肖像：她是敏锐的，在茫茫人海间她准确地寻找到她的人物，并经由他们去探索习焉不察的所在；她是悲观的，但悲观并不意味着厌世，相反，死亡犹如探照灯让她对于生有了更深切的了解；她是平静的，平静意味着某种均衡的力量……我相信，对死亡的兴趣将会为她的写作提供源源不断的动力。

《南方文坛》2017 年第 4 期
《当代文坛》2023 年第 1 期

"莽林"与"神迹"

——金仁顺论

在金仁顺为数不多的谈论创作本身的文章中,她提到了芥川龙之介的小说《莽林中》。在复述了我们耳熟能详的故事之后,金仁顺令人意外地凝视"莽林"。

"莽林",是个很有意思的空间——这个小说也有译本译为《竹林中》,那片林子竹子最多,杂有其他树木和荆棘、野草——品种丰富的树木,多姿多彩的植物,昆虫、鸟、野兽、强盗,还有樵夫……莽林的附近,或许还有溪流、山涧,悬崖峭壁,清风流转,空气芬芳,各种声音起伏交错,既荒芜又繁荣,既坦荡寂寞,又杀机四伏。

恰如我们的日常生活。

每个人都有日常生活，也就是说，每个人都有一片"莽林"。"莽林"里面盛产梦想、爱情、戏剧性，也出产怀疑、流言、八卦。有些人天生会利用这片"莽林"，为它添枝加叶；而有些人，却"只在此山中，云深不知处"，他们也知道有，但有就有了呗。

对于写作者而言，意识到自己的"莽林"，并有效利用其价值，是保持自己创作之井永不枯竭的好办法。有时候，能不能意识到这一点，几乎是检验一个人能不能成为作家的标准。

显然，跟"竹林"相比，金仁顺更倾心于"竹林"这一意象，大约是因为同单一化的"竹林"相比，莽林显然更为多元、丰富与复杂。她是成长于上个世纪九十年代的作家，充分接受了那个时代的文学观，即视日常生活为写作的根本来源，认为作家的力量正在于发现日常生活的价值与美。这似乎可以看作她写作的出发点。不那么宽广的日常生活，特别是情感关系、伦理关系构成了她的小说材料。即使是那些以朝鲜族生活为原料的作品，也大抵脱不开此类。与她同一时期出道的魏微也有类似的说法，她说："我们这一代人写作的意义，可能正来自'经验写作'，来自我们每个人独特的、不可复制的日常经验。这个时代太庞杂了，靠个人力量根本没法把握，我们各写各的，只要诚实一点，朴素一点，把姿态放低一点，就像涓涓细流汇入大海，大家合力还是可以创造一个完整的世界的。"她还宣称："某种意义上，所有的文学都应该是'日常写作'。"对于这一代作家而言,日常生活,大概怎么强调都不过分,但是,说得多了,有时候也会让人疑惑,这些被描述过的生活与当代人的日常生活太接近了,固然会让读者觉得真实、亲切,但恐怕难以持久,更困难的是从砂砾般的日常生活中提炼出意义,就像魏微说的:"写最具体的事,却能抽象出普遍的人生意味。"

那么,对于金仁顺来说,这"普遍的人生意味"又是什么呢?金仁顺仍然试图通过谈论经典作家的作品来回答这一问题。于是,在"莽林"之后,金仁顺谈到了马尔克斯的一篇叫作《圣女》的散文。显然,她被这篇散文里的"神迹"迷住了。在她看来,这篇仅仅占了一小页的故事简直就是小说的丛林,可以打开无数可能。从这个意义上说,她以为,小说的价值就在于"以自己的理解方式诠释世界",而作家的使命在于发现"神迹",完成"神迹"。那么,对于金仁顺来说,究竟什么是她的"莽林",什么又是她的"神迹"呢?答案还要从她的小说中去寻找。

一

有人说,金仁顺的小说,就题材而言可以分为三类:少年青春小说、都市爱情小说、古典题材小说。事实上,这三类往往是交织在一起的,少年人的青春忧愁,大抵与爱情有关,即使是古典题材,也多关乎情感。无怪乎评论家程德培认为:"金仁顺似乎坚定地向男男女女倾斜,向日常生活中庸常的一面致敬,但又能以过人的胆识悄悄地对它们进行改写,从诉说饮食男女那最不经意的疏漏中找寻意义。"或许也因为此,金仁顺有一些小说就直接以"爱情"为名。

在金仁顺看来,爱情的到来往往包含着某种惊异感。它是从世俗的土壤中长出来的,却携带着巨大的能量,像刀斧一般劈开日常生活,具有不可言说、不真实、幻象的品质。在金仁顺的小说里,多是这种突如其来、没有缘由、不可定义的爱情。《爱情进行曲》中李先就陷入狂热爱情。叙述者没有像讲述一般爱情故事那般详细解释李先为什么会爱上朱荑。伴随着另外一个少年叶木的死亡,爱情仿佛惊雷不期而至。爱情与死亡携手并行,是金仁顺理解爱情的一种模式。在小说中,李先对朱荑的表白也是遵循了"爱与死"的方式。李先说:"朱荑,如果你不爱我,那我活着还有什么意思?"朱荑呢,她慢悠悠地接了一句:"不爱活就死,别在这儿烦我。"李先则表示:"如果你真想这样,我就死给你看。"也就是说,在强大的爱欲本能下面,始终隐藏着死本能。有意味的是,在金仁顺这里,爱并不纯然是精神之爱,恰恰相反,爱情始终是与身体联系在一起的。李先的每一次示爱,都伴随着要求发生身体关系。在《铤而走个险》中,伊朗对于倪虹情感之激烈,甚至要通过切下一截指头来证明。这意味着,在爱情的表达过程中,身体始终是在场的,甚至某种时候,要通过对身体施暴来实现。这是属于这一代女作家对于爱情的理解——蓬勃、悍然、有力。爱与身体与力量与死亡纠缠在一起,仿佛没有什么可以把它们分开。

在一般理解中，爱情势如雷霆万钧，必然彩云易散琉璃碎。但恰恰相反，金仁顺往往赋予这一能量以异乎想象的持久性。《爱情进行曲》中李先对朱荑的爱情仿佛一场漫长的单恋，除了毕业典礼当天晚上的一支双人舞以外，两人之间似乎什么也没发生。在亲眼目睹这桩爱情的"我们"看来，李先的热情并没有得到朱荑的回应，不啻为一场闹剧。整个小说看起来就是李先的反复纠缠未果的故事，然而，到了结尾，当八年的时光轰轰烈烈地过去，李先在电话那一头穿越纷扰大喊"我爱你朱荑"的时候，哪怕是我们这些不相信爱情的人也不禁动容，震惊爱情确乎宛如"神迹"。《爱情诗》中的伊朗也扮演了类似于李先的角色。伊朗对于倪虹的表白，始终当着"我"进行。而"我"也扮演了促成这一对恋爱关系的角色。最终，伊朗和倪虹之间或许什么都没有发生，但是，在伊朗看来，倪虹给了他"世界上最诚挚的友谊和信任"。激烈的情感最终转化成了某种似乎可以长久保存的回忆。这大约就是金仁顺所相信的"神迹"——某种超越日常生活的可以给人以慰藉的事情。

而在所有这些之上站着金枝。金枝是金仁顺这一系列最好的小说《纪念我的朋友金枝》中的主人公。金枝的热情是一种事先张扬的热情，是一种需要舞台，带有某种表演性的热情。金枝对袁哲的爱情，仿佛与袁哲无关，是一种颇有意味的现代社会的情感模式。金枝大大方方地当着众人的面同袁哲调情，甚至在袁哲的婚礼上表白男神，但与此同时，"她的感情生活摇曳多姿"。金枝对袁哲的感情与摇曳多姿的感情生活并行不悖，是在说明金枝对袁哲不过是说说而已，还是远远超出庸常的感情之上的深情？袁哲对金枝呢？他是否感同身受？他如此淡定地接受乃至于享受金枝的全部热情，他又是如何看待爱情的？金仁顺对这些问题似乎有意避而不谈，她小心翼翼地避开人物的心理世界，把这些问题统统交给读者。我们只知道，在他们发生了点什么以后，金枝消失了。再次出现的金枝如一般爱情小说的套路变成了大美女，也顺理成章地同袁哲在一起了。但这并不是求仁得仁、得偿所愿的故事。相信袁哲爱上了自己的金枝终究以一种极其诡异的方式毁灭了自己。在小说结尾，旁观者"我"看到"掏心掏肺""披肝沥胆""肝肠寸断"的金枝，对袁哲说，"她爱你""她爱死你了"。爱，再次与死亡联结起来，仿佛如此强悍的生命能量，只有死亡才是唯一的归宿。

有意味的是，金仁顺小说中的所有爱情几乎都处于他人的眼光中。《爱情进行曲》中的"我们"是李先和朱英爱情的见证者。"我"是《铤而走个险》中的旁观者和推动者。《纪念我的朋友金枝》中也有复数的"我们"。这是金仁顺小说的一种常见模式——仿佛只有被注视的爱情才能焕发出无穷无尽的能量。为什么需要"我们"？在不同的小说中，"我们"扮演的角色或许不尽相同，但都有着微妙的相似性。"我们"代表着眼睁睁看着爱情发生的庸众。"我们"只能从最最世俗的层面理解所谓的爱情，在"我们"看来，金枝对袁哲、李先对朱英、伊朗对倪虹，这种持续燃烧的热情都很难被理解，因而显得不合时宜。所谓的"时宜"，当然是就功利主义层面而言的。从这个意义上说，恰恰是因为"我们"的存在，这不合时宜的热情显现了心理的深度。

但同时，金仁顺也敏锐地意识到，某些时候，这种热情有着惊人的毁灭性。在《玻璃咖啡馆》中，三个高三女生仅仅是在眺望中发现一个男人长得很像一个女生喜欢的电影明星，就对和这个男生在一起的女人产生了恶意，刻意撞倒了这个女人，导致这个怀孕的女人失去了自己的孩子。而事后证明，这个男人和女人根本不是她们想象中的情侣关系，而是姐弟罢了。《玻璃咖啡馆》呈现出人性中非理性恶的成分，而这恶因为发生在三个高中女生身上，令人尤为惊惧。

对于这种不合时宜的热情的双重态度构成了金仁顺小说的立体视角。她既为这种不合时宜的热情感到骄傲，同时又有着隐隐的羞耻；她赞颂这样的热情是乏味的中产阶级生活中不可多得的"神迹"，但也清楚地知道，伴随着过于蓬勃的生命能量，日常生活的边界有可能被摧毁。或许正因为此，金仁顺成了一个既保守又激进的作家。

二

在金仁顺的小说中，我们识别出重复的形式。正如希利斯·米勒所说："任何一部小说都是重复现象的复合组织，都是重复中的重复，或者是与其他重复形成链形联系的重复的复合组织。在各种情形下，都有这样一些重复，它们组成了作品的内在结构，同时这些重复还决定了作品与外部因素多样化的关系，这些因素包括，作者的精神或他的生活，同一作者的其他作品，心理、社会或历史的真实情形，其他作家的其他作品，取自神话或传说中的过去的种种主题，作品中人物或他们祖先意味深长的往事，全书开场前的种种事件。"有的时候，重复是以意象的形式表现出来的。比如，在金仁顺的长篇小说《春香》中，蛇就可以看作这一典型形式。

蛇最初出现，是在翰林按察副使大人跟随药师女儿来到树林中的时刻。

> 前方有一株桃树，枝干一半生着翠绿的枝叶，一半被雷电劈得已经枯死了。在最粗的一截枯枝上，盘着一条茶杯口粗细的蛇，蛇身上密布着纵横交错的线条，五颜六色，盘成一个鲜艳的蒲团。蛇头从蒲团上高挑出来，蛇颈上的一块红色，形状好似两朵并蒂的花。
>
> 蛇与他们僵持着，时间变得和心跳声一样点点滴滴。两只蛇眼一动不动，只有蛇信子倏忽进出，发出咻咻的细响，似乎是在诡笑。
>
> ……
>
> 过了有一盏茶的工夫，蛇如彩练，忽然凌空抖开，在树梢上盘回了一回，飞掠而去。树叶哗啦哗啦地吵了一阵子，又复归于平静。

这是非常诡异的一刻。香夫人与翰林按察副使大人的初遇，伴随着蛇的出现，暗示了两人的情动。这里的"蛇"意象，与女性与生殖有关，当取自《圣经·旧约·创世记》中，亚当与夏娃受了撒旦所变的蛇的诱惑，偷食禁果，被上帝永远地逐出了伊甸园。这不禁让人想起了冯至写于 1926 年的诗《蛇》："我的寂寞是一条蛇，/ 静静地没有言语。/ 你万一梦到它时，/ 千万啊，不要悚惧！它是我忠诚的伴侣。/ 心里害着热烈的相思；/ 它想那茂密的草原——/ 你头上的、浓郁的乌丝。它月影一般轻轻地 / 从你那儿走过；/ 它把你的梦境衔了来，像一只绯红的花朵！"在冯至的诗中，蛇指代了寂寞，而香夫人和翰林按察副使大人所遇到的颈上有着好似两朵并蒂花的蛇，又何尝不是两情相悦的暗示呢。此后，彩蛇一直跟随着翰林按察副使大人，在他夜不能寐的时候，一如妖娆的爱情。就像蛇意味着情动，但同时也具有毁灭性一样，当翰林按察副使大人抛弃香夫人离开南原府的时候，蛇再次出现了。

> 一阵沙沙的声响挟带着韵律由远及近，端午节与翰林按察副使大人见过面的那条彩蛇重现在他的眼前。蛇头从刚织好的蜘蛛网中穿过，蛇信子带着诡笑朝他的喉咙处刺了过来。

蛇仿佛携带着香夫人的意志，结束了负心的情人的性命。在翰林按察副使大人脖颈处被蛇咬中的地方，宛如并蒂花的红斑重复出现，为一段短暂的爱情画上了句号。金仁顺仿佛对蛇格外情有独钟，她有一篇叫作《蛇》的散文，写尽了人与蛇的种种神秘的关联，以及对蛇的难以克服的恐惧。在结尾的时候,当人们无法理解"我"对于蛇的恐惧的时候,一个男人出现了,"他抱住了我,在我后背轻轻拍了拍。他带着我走过那条街。后来,我爱上了他"。你看,蛇又如此与爱建立了关联。

如果说,蛇的意象的重复出现,是一种意象的重复,那么,金仁顺更为擅长的还是小说内在结构上的重复。《彼此》就是这样一个看上去如此温柔实则无比冷酷的故事。女医生黎亚非首先是在各种跟生活贴得很近的故事片里认清自己的境况的。"她发现,电影里那些跟她年龄相仿的女人们,面对的问题跟实际生活中她们面对的问题差不多少——丈夫有外遇了,或者自己有外遇了;不再相信爱情,或者开始相信爱情。"电影等艺术可以看作是对生活的摹仿,但很多时候也可以看作是生活的预演,许多人是按照艺术作品的方式安排自己的生活。黎亚非不知不觉也踏入了这条河流。黎亚非的情感创伤来自婚礼上丈夫郑昊的前女友所"赠予"的秘密,在此之前,她沉醉于爱情带给她的感觉。然而,黎亚非所认定的郑昊的婚前不忠将感情的温度降到了零度以下。意外事故击碎了他们的感情生活,把他们变成了一对貌合神离的夫妇。对于这一意外事件,金仁顺狡黠地一笔带过,没有在此地有丝毫逗留。除了让郑昊"定在原地,动弹不得"以外,她和黎亚非都没有给机会让郑昊为自己辩护,她们都试图让读者接受破坏者洋洋得意的理由,接受郑昊作为不忠的丈夫的形象。接着,正如老练的读者所预料到的,黎亚非在同周祥生去外地出诊期间,彼此之间渐渐有了好感,并发展出婚外情。一切都顺理成章,一切都按部就班。作为读者,在叙述者的指引下,我们几乎完全认同了黎亚非的情感选择。然而，在结尾处，作者却给了我们当头一击。在郑昊第二次婚礼举行之前，黎亚非与其告别，充满了绵绵情意。在那一瞬间，我们似乎原谅了此前郑昊的不忠，却没有意识到这一次告别完全是上一次婚前告别的重演。显而易见，生活以完全没有想到的形式重复了它自身。更精妙的是，在上一个情节中，黎亚非是事后知情者，而现在，她成了当事人。这一故事如同击鼓传花中的那朵花，落在了周祥生的掌心。这意味着，周祥生将再一次完整地经历黎亚非所经历过的故事。婚礼上，新婚夫妇"冰冷的嘴唇"暗示出这一次婚姻与上一次婚姻大致相似的轨迹。在金仁顺的叙述中，每一个情节的出现都蕴含着以前同类情节的回声，只不过，施与者与承受者的关系发生了转移。

作为内在构思的重复还发生在《云雀》《仿佛依稀》《城春草木深》等小说中。《云雀》是讨论爱情与金钱关系的小说。讨论这一古老主题的小说还有《秋千椅》。贫穷的大学生春风在餐馆打工期间认识了有妇之夫姜俊赫。姜俊赫与春风的互动复制了他与他老婆的相处模式，不过，现在，他是那个在爱情中更动心的那一个。那么，对于春风而言，这又是个怎样的故事呢？很难清楚地区分，春风到底是被姜俊赫这个人所吸引，还是被由金钱支撑的姜俊赫的品位和格调所吸引。但不管怎么说，因为跟姜俊赫在一起，春风改变了窘迫的经济状况，成为一个富有的女生。春风和裴自诚的相处，则完全复制了姜俊赫和春风的故事。小说似乎在讲，金钱无法完全买到一个人的真心，又似乎是在讲所有的真心都会被错付的故事。在重重叠叠的镜像中,世间的痴情男女莫不过如此。在《仿佛依稀》中,亦晴对梁赞的好意百般抗拒,却仍然不得不再次落入了当年父亲相似的境遇。在《城春草木深》中,金意麟战死之后,无论金意安是否愿意,他也不得不踏上了金意麟的命运轨道。在长篇小说《春香》中,母女二人的命运也具有某种重复性。药师女儿被翰林按察副使大人抛弃之后,独立经营香榭,庇护一众人等,成了闻名遐迩的香夫人。春香也重蹈覆辙,她和李梦龙的故事,俨然是香夫人与翰林按察副使大人故事的翻版。到了小说最后,像香夫人一样,春香成了香榭的主人。

为什么要用重复性的情节构造小说?回答这个问题,实际上是要回答金仁顺的"莽林"的根源问题,即她的莽林是依据什么原则构造的?我以为,金仁顺偏好对称性原则,她大约会相信,一个人所经历的一部分,看上去是偶然的,实际上会在另外的情形下再度重来,不管这种重现是否遵从了本人的意愿。或者更准确地说,在大多数情形下,实际发生的事情与个人主观意愿是背道而驰的。失去与获得,盈与缺,无不整整齐齐地排列在命运的星盘上,等待着一一应验。从这个意义上说,金仁顺是一个宿命论者。大抵是因为明了了这一点,她的人物往往显得冷静而克制,没有无谓的挣扎与反抗,看上去似乎是"温和地走进那个良夜"。

三、叙述的调性

或许是因为小说人物的自持自制,评论界对金仁顺创作的评价集中为"冷"。张柠首先用"冰冷的热情"来形容她的叙事风格，认为"冷酷的暴力"是她小说的主题，"与此相关的是一种成熟的热情。作者这种对生命的热情，虽然常常潜藏在更深的地方（它同样遇到了来自作者'叙事抑制'的阻力），但却总是带着寒冷的气息，悄然而缓慢地来临，就像'突如其来的感伤一样'，给她的'暴力故事'重重一击"。有评论者将她的"冷处理"归结为"冷静的叙述者、有限的内心观察、简洁的对话和冷峻的反讽"。刘大先则将这种"冷"归结于旁观者的姿态，认为"这个冷静到有些冷酷的叙述者显示的是一种同情而不是共情"，并将此归因于"原子化的个人主义所造成的"。这似乎已经成了颠扑不破的真理。然而，果真如此吗？不妨通过金仁顺最新的两篇作品《宥真》和《离散者聚会》来考察这一点。

短篇小说《宥真》和散文《离散者聚会》分享了相同的环境氛围：国际文学节。这跟金仁顺的民族身份有关。在一个访谈中，金仁顺分享了自己的身份意识。她说："最近十几年来，我跟韩国文坛接触和交流的机会很多，认识了很多韩国诗人和作家。在韩国作家眼里，我是中国作家；在延边州作家眼里，我是汉语写作的作家；而在中国文坛，我又是个朝鲜族作家。这种既相关又边缘的定位非常有意思，我可以用既身在其中，又袖手旁观的心态打量好几方面的生活。这是写作的财富。"这两篇作品的素材，大约来源于作为朝鲜族女作家的金仁顺的经历。先看《宥真》。与金仁顺的许多短篇小说一样，这篇小说里也有一个"我"作为叙述者。按照韦恩·布斯的说法，这个叙述者"我"是一个非戏剧化的叙述者，也就是说，故事是通过"我"这一讲述者的意识来叙写的。"我"被设定为是可以听懂一点韩语的朝鲜族女作家，和宥真共同参加这一国际写作计划。那么，问题在于，为什么需要"我"？用第三人称叙述不可以吗？细读小说，就会发现，叙述者"我"具有多重功能：首先，"我"提供大量的视觉性细节。在这个短篇小说中有大量的描述性细节，包括但不限于飞机上的情形，欢迎宴会上的场地布置，作家们的形象、外貌、动作等等。如果就功能而言，这些细节是冗余的，它不参与故事情节的走向，对于故事的发展没有根本性影响。但是，这些细节构成了一个真实的氛围和效果，构成了情节展开的背景，是小说中不可忽略的部分。此外，我们能看到这一切都是通过"我"的眼睛展开的。这让读者对于"我"也建立了一个初步印象——这是一个善于观察、对于外界事物充满好奇的细腻的作家。其次，"我"和宥真发展友谊的过程，也正好是读者逐渐对宥真拉近心理距离、建立情感认同的过程。一开始，"我"和宥真并不相识，哪怕我们乘同一架飞机抵达芝加哥，但并不认识。直到第三天，"我"和宥真才第一次说话，联系的纽带是关于中国的见闻。随着"我"和宥真的相熟，作为读者的我们也越来越了解这位韩国诗人，她的敏感与尖锐，她的至情至性，她对于世界的基本原则与要求。可以说，叙述者"我"是我们走近宥真的不可或缺的桥梁。更重要的是，"我"提供了理解小说的另外一个支点。正如韦恩·布斯所说："在小说中，我们一旦碰到一个'我'便会意识到一个体验着的内心，其体验的观察点将处于我们和事件之间。"在《宥真》中,叙述者"我"的价值立场、道德判断与审美,事实上与宥真、与大众所代表的价值评判之间都有着微妙的距离。作为一个有着敏感内心的诗人,一个在东亚父权体系下挣扎的女性,宥真对于人的判断有激烈的一面。比如,当她谈论那个白俄罗斯作家时,看到的是作家放浪形骸的一面,而"我"作为一个温和通透不乏世故的人,注意到的是作家世俗性的一面。不同的角度,共同提供了一个更为完整、复杂的对于人和事的认识。但是,"我"的存在,不是为了校正宥真的认知,而是更加深切地理解她。所以,世人眼中的宥真是一个离了婚又没孩子、心灵很容易空虚的女人,只有"我"真切地关注宥真的生活,鼓励她投入生活。小说结尾的部分,"我按住她的手,压住鼻腔里面的酸楚""她笑笑,眼里泪光闪动",这样的描写是金仁顺少有的泄露感情的时刻。如此动人的瞬间,是一个女性对另一个女性的共情而不是同情,是对彼此命运的深切理解与承担。

显然,对于同样的材料,作为小说家的金仁顺和作为散文作者的金仁顺有着完全不同的处理方式。这一点,在《离散者聚会》中可以看得更清楚。《离散者聚会》记叙的是韩国翻译院举办的一次世界各地的韩裔(朝裔)作家的聚会。金仁顺说,她只是觉得这次会议有一些意思,就记录下来了。文章也确实是按照时间顺序如实记录了她参会的所见所闻:她事无巨细甚至过分热烈缠绵地描写每一样食物的做法,她记录下每一场她认为有意思的演讲,最重要的是,她发表观点,虽然不过寥寥数语,却足以让我们深思。比如,她谈到了来自瑞典的阿斯特丽德。在介绍了她作为弃婴被瑞典家庭收养的人生经历后，她感慨地说："她必须了解韩国吗？血缘必须寻根？她的童年、少年该有多么纠结啊。有些事情确实是没办法轻易翻篇儿的，树欲静，风都不止。她的淡眉细目，她的羸小瘦弱，会激起多少异国他乡的所谓关心啊。他们会在派对时一遍遍问起她的来历吧？会提醒她追溯自己的血统和文化吧？鸡汤一勺勺倒进她的碗里，没人问她是不是讨厌鸡汤，没人在乎她需不需要这种关心。很多人的善良是用来表现和表演的。"她对于血缘与生命的反思也可谓切中肯綮——"血之源头，是生命的起源，但并非每个人的家园，哪怕冠以'心灵'或者'精神'字样，也不可能。命运就是命运，不争论，不废话，剥茧抽丝以及其他种种，那是每个人自己的事情。"事实上，如果没有散文，我们竟然不知道她是一个如此犀利，如此……见识不凡。

现在我们可以看出来了，作为一个小说家，金仁顺对自己有许多"清规戒律"。比如，如非必要，尽量避免打开人物的内心世界。尽管我们都知道，提供人物的内心观察会让我们尽快建立对人物的同情心。再比如，绝不动用叙述者的特权，直截了当地表达对事件与人物的判断，不绑架读者按照她的思想规范来判断她的小说人物。还比如，不控制读者介入故事的情绪强度，等等。这种种自我要求，在别人看来或许是冷，或者是酷，其实不然。她深谙人世的复杂，亦或许是出于对自身体面的要求，她宁可将千言万语凝结在人物的语言、动作与事件之中，交给读者自己去领会。她的理想读者一定是像她自己这样的人，世事洞明，人情练达，热爱精致的生活，善于从感性的形象中推想出一个更广阔深邃的世界。最重要的是，懂得适时沉默。

金仁顺显然不是那种宽阔的元气充沛能量满满的作家。迄今为止，她只有一部长篇，一些中短篇和一些剧作面世。她总是从情感关系这一看似逼仄的单筒透镜凝视这个世界。但这并不意味着她是狭窄的。在这条道路上，简·奥斯汀，张爱玲等前辈都向我们示范了无数可能，以及无数的歧路。现在，她稳稳地走在自己的路上，以她的聪慧、理性与对人世间深切的理解。她绝对不会允许自己有丝毫的偏离，这是她的优势，同时，也是她的限度所在。

《扬子江文学评论》2021年第5期

确认那些我们不曾察觉的部分

——黄咏梅论

一个人，在与世界刚刚建立联系的时候，就摇摇晃晃踏上了写作的道路。梧州、广州、杭州，诗歌、小说、散文。辗转于不同的城市之间，殊异的景致在窗外流连，她却奇迹般地具有进入生活、安放自我的能力。而这或许可以归功于写作始终不曾离开她。像她心仪的作家门罗那样，她拐着菜篮子出门，充满兴味地凝视街道、市集与来来往往的人群。故事犹如蔬果，来到她的掌心，在她的笔下逐渐获得形式与调性。生活与写作，于她而言，仿佛是一而二、二而一的关系。是的，我说的是黄咏梅。然而，就是这么一位格外笃定的作家，在描述自己的写作的核心时，却显得犹疑、躲闪。有的时候，她将"代际"作为自己的栖身之所。沿着评论家分类法，她将自己定位为"20世纪70年代出生的女性"。看看，这么多的限定词！

她尝试以这一代作家描述自己。"跟前几代作家不一样,我们处于一个城乡转换的阶段,在我们所生活的故乡,土地的概念很少,至少没有上辈作家那么亲近土地,大家所认为的那种传统的'乡土概念'有了很大的改变。……有着同一面目、面临相似问题的城镇生活,网络、手机、游戏这些东西,都是我们这一代人'默认的链接',我们聆听并参与到现代性的节奏中,个体感受既复杂又相似。这大概是我们这一代作家的主要书写。"更多的时候,她模拟来自四面八方的诘问,为自己乃至这一代人的写作辩护。"我们70后这一代作家,总是被人说写得太小,写得太日常,写得太没有责任感,尤其是因为我们出生的年代限定了我们是一批历史意识淡薄的人,我们只会写当下,写自己,写人性。""似乎全世界都知道作家写作资源的枯竭,似乎全世界的人都知道专职讲故事的小说还不如八卦报纸、社区新闻精彩。这样下去,小说会死亡吗?因为叙述衰竭而死亡?"事实上,不仅是70后作家,当下作家所面临的确实是一条荆棘之路。资本主义的逻辑无差别地荡平了这个世界,现代生活无可避免地变得均质、同质与抽象化。历史固然还在,譬如疫情、战争,却是披着日常生活的外衣涌向我们的生活。在这一过程中,历史的纵深消失了。如何认识这一变动不居的自我,已然成为一个根本性的疑难。黄咏梅的犹疑、不确定、自我怀疑以至于反复确认,正来源于此。她诚实地触摸到了我们这个时代最大的难题,并试图以连续性的叙事增进自我认识。而她目前为止的全部小说,大抵都可以看成是对这一问题的回答。

一、治愈历史

理解自我，首先意味着要在具体的时间和空间中寻找"我"之所以构成"我"的基本元素。对于黄咏梅来说，家乡小城，位于广西东部的梧州成为"自我"的起点。

根据黄咏梅的自述，十七岁以前，她一直生活在这座有着"百年商埠"之称的小城。在她的记忆中，二十世纪七十年代以后，梧州人骄傲地将自己生活的地方称为"小香港"。在她的记忆中，故乡是典型的具有岭南风味的地方。她曾提到，梧州闻名于世的是它的"水浸街"，这催生了在北方不多见的"骑楼"。在一篇名为《骑楼》的小说里，她兴致勃勃地向我们介绍了"我生长的这个小山城"里宛如风俗画一般的"骑楼"。

> 这些有近百年历史的老房，有着高高的两条腿，粤方言称为"骑楼"。据说从前，在这里，遇到下雨，都不用打伞，那些高高密密的骑楼，一直可以挡着人过街穿巷。这也是父母嘴里的六七十年代的好光景。骑楼上的大木门，是用木闩的，门上还雕龙画凤，里头大堂可以让路人看进去——那些年头，睡觉都不用关门，"穿堂风"很凉爽地吹着迷糊了的人，大人小孩安安乐乐。等到涨水的时候，人们就从容地取出备用小船，扎系在骑楼"腿"上二楼窗口边上一个固定的铁环上。摇着小船

走平日走过的地方，照旧生活得那么从容，除了物价会涨、街没法逛以外，人们一点也不在意水。有兴致的还可以串门，摇着船，到了，就把船系在铁环上，从二楼窗口爬备用竹梯而下。所以，铁环在这个时候，就被主人涂抹上各种醒目的颜色，是方便来人准确靠岸的，那是主人给来客的一个招呼。

这番描述与叙写让人着迷：南方小城特有的气味扑面而来，小城里人们的生活形态历历在目，小城里的人们从容自在的生活态度让人生出亲近之心。由此，我也有几分理解了黄咏梅对于儿时生活的城市的态度。小城里的生活固然清贫，但那个年代家家户户皆是如此，也并没有什么大不了的。在熟稔的环境中，黄咏梅顺遂地长大，并因为父亲的影响与文学结缘。文学也确实改变了她的命运。因为公开出版了两本诗集，她被保送到广西师范大学中文系，在读完研究生后分配到广州工作。文学犹如小舟，载着她顺水而下，将她轻轻松松地从梧州"投递"到广州。就个人经验而言，黄咏梅似乎并未遭遇怎样的曲折。如果一定要说，她曾与历史狭路相逢，那么，父辈的历史可能是一个契机。据她说，她的父辈一系是潮汕人。爷爷在她父亲还不满一周岁的时候就跟随乡里人辗转到泰国扎下根，一去几十年。二十世纪六十年代初，父亲在暨南大学历史系毕业，却因为华侨成分的影响，被支边分配到广西地质队。直到七十年代末才跟爷爷通信，继而见面。这是那个年代知识分子的坎坷命运，也是一个家庭的难以言喻的创伤性经验。

透过这个创面,黄咏梅似乎感受到,在波澜不惊的日常生活之下,时代的浪潮奔涌着,倏忽间就改变了一个人的命运,也深刻地决定了一个人同家庭、同他人的关系。也因为此,她的许多小说也隐隐能看出父辈经历的影子。

《病鱼》讲述的是离婚了的女儿回乡,与发小满崽之间发生的险象环生的故事。这篇小说里的父亲因为华侨成分不好,大学毕业后支边来到这个小城的地质局。满崽的父亲杨叔叔的命运也一样。两家之间因为差不多的境遇往来频频。因为历史的缘故,两个大学生在偏远的小城度过了平庸的一生。他们也认定自己为无用的、没出息的人。这无用甚至如基因般传导给下一代。因为自己被"出身"所影响,杨叔叔坚决不同意儿子满崽参军。某种程度上这也间接造成了满崽的犹如"病鱼"的一生。这是父一代的命运,也是子一代的命运。小说弥漫着颓败的属于失败者的氛围。同样被牢牢地圈禁在人生某一刻的还有《金石》中的老蔡。与父亲不一样,老蔡的命运决定于某个偶然事件。老蔡和地质队的另外二十多名队员因为私自采集金矿导致意外爆炸。这一事件牢牢地盘踞在老蔡人生的核心。自此,他时时感到死亡就栖息在他的鼻尖,这与众不同的感受让他成为多余人,也让他分外孤独。他成了他自己的囚徒。只有在老年痴呆以后,他才被释放出来,不断返回还是地质队员的时刻。

在这一类小说中,《给猫留门》内敛、克制,却涌动着情感的暗流,让人动容。小说以猫作为叙事动线。故事在老沈、沈小安、雅雅三代之间展开。为了讨好小孙女雅雅,老沈收留了一只流浪猫。以猫为桥梁，老沈和雅雅愈发亲密。然而，祖孙之间的互动越是无间，读者越是能感受到父子之间沟通的不畅。隔膜的导火索仍然是猫。曾经，沈小安也从街上抱回过一只大黄猫，却在某个深夜被老沈从他的被窝里揪出来，丢出了家门。同样是猫，为什么待遇如此不同？随着情节的发展，读者逐渐从老沈的过往人生中寻找到了答案。老沈对猫的恐惧来源于幼时父亲的缺席。母子三人相依为命的日子里，深夜户外的些微动静都会引起心惊肉跳的联想。为了改善家庭经济状况，父亲偷渡南洋去打工，不幸客死他乡，却给母亲和孩子带来沉重的政治负担。某种程度上，这也决定了老沈胆小怕事的性格。特别是大学同学刘进乐的来访，成为对照组更加凸显了老沈的人生之黯淡。于是，我们看到，老沈背着"华侨"成分这个龟壳，支援边地，辗转在广西十万大山之间，成为地质队的一个资料员。七十年代，他从地质队退役，分配到这个山城的人防办，安定下来才得以结婚生子。老沈的人生，被比喻为"潜伏"。"这半个多世纪，他的确潜伏得很好，往事休提，循规蹈矩，小葱豆腐，平庸度日，亦从不向他人提出任何非分之想，与其说是让人忽略他这个大学历史系高才生，不如说他循着命运所列的指示牌，一走到底，就连翻盘的念头也从未有过。"他曾经的壮志凌云在日复一日的日常生活中被磋磨，逐渐化为乌有。叵测的命运逼得人将自己描摹成这世间最平庸的样子。这或许就是黄咏梅最深切的痛楚吧。她对父辈的痛惜，完完整整地投射到了郁郁不得志的老沈身上。这还不是故事的全部。更令人痛心的是，中国人最为看重的伦理关系也因之而毁坏。为了不影响前程，老沈拆都没拆就直接烧掉了父亲写给他的最后一封信，还亲笔写下了与父亲划清界限的证明。这证明仿佛见证了他在时代的唆使下对于亲人的背叛，让他一直如鲠在喉，也让他在日后无法轻易地踏过它，为儿子争得实际的利益。父子关系再一次进入溃败的循环。历史的伤痛如影随形，抑或像一个咒语，将人死死地钉在那一刻，不得逃脱。虽然写的是当下，可是，《给猫留门》就像历史深处一个深长的喟叹，被投入在平静的时间之湖，在人心里荡起一圈圈涟漪。

有意味的是，黄咏梅和她的父亲并未如她的小说人物那样经历如此惨淡的人生。恰恰相反，适逢文学的黄金时代，作家的父亲因为对文学的热爱而改变了自己的命运。父亲不仅调动了工作，还成为梧州文学活动的活跃分子，并深深影响了黄咏梅的人生选择。作为时代红利的受益者，黄咏梅对于历史的态度趋向平和、包容。她承认创伤的存在，但她更相信历史是可以被治愈的，因此，她往往尝试给小说人物一个更温暖更宽厚的结局。在《病鱼》中，"我"的父亲和母亲并未因为满崽的突发过激行为而心生怨恨，仍然将其视为一个老朋友。在探视的过程中，"我们"顺理成章地回忆起了杨叔叔。此时，饱经挫折的子一代理解了父辈。满崽不再视父亲是无用的人，更重要的是，他承认了父亲对儿子的恩泽。在小说的结尾，满崽的那句"我曾经努力改变过的，那个，命运"，有些过于文人化了，显然是叙事者的代言，由此可见叙事者对他的期许。而父亲对满崽的拥抱，则象征着父子之间的和解。同样达成和解的，还有《给猫留门》中的老沈和沈小安，尽管老沈深觉自己经历了"漫长而疼痛"的挣扎，可是，在沈小安钓上一条白条鱼的时候，他仍然感到"松出一口气，笑了"。是因为沈小安这一代不再纠缠于历史对个人命运的拨弄，不再纠缠于不可追的往事，转而享受当下吗？叙事者没有解释，但是读者能清晰地感受到，一切都过去了。

正是在这个意义上，我个人尤为欣赏《何似在人间》。《何似在人间》里也有一枚历史的"钉子"。这"钉子"是二十世纪六十年代末，松村的两派武斗陷入白热化境地。廖远昆的父亲廖庭山作为败北的那一方，站在挖好的石灰坑前，被命令跳下去。廖庭山一派拼死挣扎，把旁观的松村人也卷了进来，枪战一触即发。在令人屏息的一刻，廖远昆向石灰坑里扔出了那个家庭一个年代最值钱也最宝贵的月饼，镇住了全场，廖庭山跟他扎成一串的人追随月饼扑落下去。这是黄咏梅小说中少有的极为冷峻陡峭的情节。我甚至怀疑，这一细节并不来源作家的想象，而是实际发生过的事情。它是如此恐怖，这一刻就连叙事者都只能保持沉默。小说并没有向人们想象中的为父复仇狂飙而去。几十年过去了，当年逞强使气的人们，都一一离开人间，只留下了耀宗老人。而昔日的少年，也成为松村现存的唯一一个"抹澡人"。戏剧的弦绷紧了。读者像耀宗老人一样，惴惴不安，廖远昆会怎样面对历史呢？出乎大家意料，廖远昆十分平静。在他看来，再强烈的仇恨，也敌不过时间。他代替死去的父母原谅了耀宗老人，让他平静地远行。较之于恨，他更珍惜生的欢愉。他与小青的有情有义，让生变得有滋有味起来。他视死亡为比邻而居的友人，平静甚至带有几分日常化的态度送走松村人。他以淡然的态度送走了仇敌，又以同样淡然的态度享受欢愉。在小青死了没多久的一天，廖远昆吃酒回来，他遇到了一条河。在黄咏梅的笔下，这世间真实存在的河一下子缥缈起来，落入象征的天空。"这人间，哪会有这么一条亮堂的河？他尽量把身子朝河面探去。他的耳朵就听到了热闹的讲话声，有男有女，分明是人群在灯光处聚会。他多么渴望加入这场聚会啊。就这样听着听着，他的两只手臂变成了两片薄薄的翅膀，朝着光亮的聚会，热情地飞去了。"这个与死亡相伴而行的人，最后就这样"热情地飞去了"。黄咏梅把死亡写得如此轻盈而喜乐，仿佛死也不过是生的另外一种存在形态。

这也是黄咏梅的迷人之处。她敏锐地感受到了历史与个体之间的摩擦、碰撞，她感慨于命运的无常，但是她不执着于此。对于历史，对于时代，对于生和死，她的态度是豁达、坦然的，颇有些既来之则安之的味道。历史并不遥远，而是时时刻刻与当下发生着联系，交换着能量。这一态度也深刻地影响了她对于日常生活的认识与书写。

二、日常生活：将飞而未翔

关于书写日常生活，黄咏梅有这样一番夫子自道："我的多数经验来自生活，自身的、他人的。我的笔下没有多少传奇，更多的是日常性。对于擅长写日常生活的作家来说，日常生活和写作之间的重要关联在于，怎样从日常生活的蛛丝马迹中看见、认识并且呈现出难以言说的时代和历史的意义,而不是为我们已经审美化的商业景观锦上添花。日常生活经常与'俗世'这个词挂钩,所以,我觉得写日常最危险的地方就在于——容易将俗世写俗。没有情感、没有思考、没有对这个时代的认知,就很容易将日常生活记为流水账。"在书写日常生活方面,黄咏梅将门罗奉为圭臬。她用一个比喻来形容门罗的写作,也是她理想的写作。"日常是一面平静的湖水,门罗就是会从肉眼看不到的水底,一点点地拖出一只湖怪来,你眯着眼睛辨认,等你终于看清楚这个东西的时候,你的第一反应不是害怕,而是确认——啊,竟然是这种东西,之后,才开始感到后怕。"或许是因为此,她格外偏爱书写那些在日常生活之外还有一个想象性世界的人物。他们虽然有着不一样的面容、口音、性格与人生经历,却奇异地具有了一致性。仿佛命运之手拂过,他们在同一个声音频率里说话,谨慎地表达一种被反复讨论因而具有了某种确定不移的真理感的生活观。在她看来,那些既拥有现实世界,又超脱于现实世界之上,拥有一个想象性世界的人,往往有着强盛生命力与明确的主体意识,活得盛大、自如。他们给日常生活带来了勃勃生机,开辟了各种各样的可能。

《达人》里的丘处机就是这么一个"古怪而毫不现实的人"。作为一个印刷厂的工人,他痴迷于武侠世界的江湖。如果一个人的生活有价值序列,那么,在他的世界里,虚幻的武侠世界是远远高于现实世界的吧。所以,他远远避开了现实世界,不让现实世界的人和事侵扰到他。下岗影响不到他,世事影响不到他，社保局门口的种种"纷争"也影响不到他。他所希望的，不过是一片清凉读书地儿。因为崇拜《射雕英雄传》里的丘处机的"意强"，他将自己的名字改得一字不差，甚至行事逻辑也自然而然向武侠小说的人物靠拢。当然，没有谁可以真正躲开"现实"，这篇小说，就是丘处机这样一个不问世事的人如何与现实世界摩擦、剐蹭乃至碰撞的过程。替"桃谷六仙"行侠仗义，是丘处机以武侠世界的方式介入现实世界的一次尝试。丘处机确有了几分大侠的味道。只是，很快，他不得不被生活推搡着再次进入现实世界。这一次，因为意外，他被突然运转的机器切断了四根手指。或许是因为拥有一个现实之上的世界，即使失去了四根手指以后，丘处机并没有更为愤世嫉俗，反而更达观也更圆融了。他为自己量身定制了三轮车，做起了三轮运输，并将之命名为"长春子号"。到了小说的结尾，在孩子们的呼喊声中，丘处机"两只手从车把手上一松，平摊向两侧，做成两只翅膀状，拖斗后那红白蓝三色顶棚，随着速度的加快，在风中一起一伏。孩子们从后面看去，丘处机和他的'长春子号'像在模仿电影里那个披着披风的超人，似乎随时都有离开地面飞起来的可能"。这显然是一个超越日常生活的隐喻。这个古怪而毫不现实的人从虚无缥缈的想象世界回到了现实世界，但似乎也并没有放弃想象世界所提供的更多的精神上的可能，虽然，他付出了极为惨烈的代价。

丘处机尚且能与这个现实世界各行其是，《小姨》里的小姨则走得更远。她特立独行，按照自己的生活原则行事。她视自由为生活必需品，抗拒常人所经历的结婚生子等规律性日常片段，可谓是"悲观主义的花朵"。在其他人眼里，小姨就是"反高潮分子"，是"不合群"。小姨看上去特立独行，但是，我们很快就知道，那是因为她需要隐藏心中巨大的爱的秘密。小姨爱的是她的师哥，一个传说中"有理想，有信仰，有激情"的人物。为了这份爱，小姨宁愿离群索居，独自咀嚼爱所带来的甜蜜与悲伤。凭借这份爱，小姨固执地坚持着她自己。残酷的事情发生了，时间是理想主义的敌人。随着时间的流逝，小姨还在坚守的时候，师哥重新出现并已然与世俗现实同流合污。这一点迅速击垮了小姨。于是，我们和叙述者"我"一起目睹了令人震撼的一幕：小姨"裸露着上身，举手向天空，两只干瘦的乳房挂在两排明显的肋骨之间，如同钢铁焊接般纹丝不动"。一个人得多么绝望和无助，才能以这样一种决绝的方式显露她自己，同时也是弃绝她自己啊。从这个意义上说，小姨爱的可能不是师哥，而是理想主义的显影。当理想主义消失的时候，小姨也无法在这样一个世俗化的人间安放她自己。

《小姐妹》看似写的是顾智慧和左丽娟的暮年闺蜜情，但是小说一开篇，作者就明确地让读者意识到，"小姐妹"其实是一个偏正结构，叙事的焦点稳稳地对准了左丽娟。左丽娟直截了当、不犹豫不纠结、说话的方式，为自己造梦甚至将别人拉入自己梦境的能力都决定了她是一个极具戏剧光环的人物。显然，漫长的现实生活没有消磨她对生活的热情，她兴致勃勃地生活着。随着顾智慧和左丽娟的交往，左丽娟的生活史逐渐打开。当人们表现出轻视的态度时，她的一儿一女是她如此行事的底气。在需要经济实力的场合，她告诉人们，她女儿在广东做服装生意，每年交几千万的税，儿子在澳门开几个赌场。"这些话，也不管人家信不信，她讲得认真。"而面对知识者，她又信口拈来称儿子考上清华、女儿考上北大。有共情心的读者很快发现，这并不完全是出于虚荣，而是左丽娟为自己造的各种各样的梦。通过她对小姐妹顾智慧的讲述，我们才知道，她的女儿嫁了个黑社会，没几年就被仇家找上门来，当场送命，儿子也从此跑路，东躲西藏。这真的是左丽娟生活的真相吗？我们和顾智慧一样半信半疑。或许，真相并不重要，重要的是，左丽娟凭借自己造的梦，有意隔绝过分酸楚的现实，创造了自己的现实。可是，真的就能超脱吗？在小说的结尾，当顾智慧兴奋于墨镜创造了一个梦的时候，左丽娟却借着墨镜的掩护流下了眼泪。这眼泪模糊了现实与梦境的距离，也提醒读者，所谓的"超越"背后，有着怎样不能与人言的酸楚。左丽娟这一人物形象也因为这个细节更为丰满、立体了。

黄咏梅格外擅长写这一类有着丰富立面的人物。她打破短篇小说只能写生活的一个横截面的常规，试图在不长的篇幅内容纳一个人的生活史。当然，构建个人生活的材料是精心选择的，彼此之间或互相支撑，也彼此扞格。正当读者自以为获得了关于这个人物的根本性认识之时，黄咏梅却不动声色地抛出一两个意味深长的细节，于是，此前叙述所形成的人物形象变得模糊而深邃。她获得第七届鲁迅文学奖的短篇小说《父亲的后视镜》正是这样的作品。与共和国同龄的父亲在漫长的生活中遭遇了不同的"路障"。卡车司机的身份赋予了他在路上日夜奔跑的生活。这生活是潇洒的,却也令他长期缺席家庭生活。面对母亲的指责和抱怨,他安静地接受,冷静地剔除。仿佛是为了弥补家人,他为家人拍下了路上的风景,却也导致车祸事故,让他的职业生涯戛然而止。这是他遇到的另外一个路障。在情感生活方面呢,父亲有过一次众目睽睽之下的"出轨",却在一阵接一阵的汽车长鸣声中绕过去了。绕过"路障"的父亲是怎么想的呢,黄咏梅拒绝向我们揭示父亲的内心,仿佛一切不值得一提。她的叙述是阔朗的,一如父亲的生活。现在,人到暮年的父亲在母亲去世之后再次与疑似情感相遇。与上一次情感一样,这次的情感始于"车祸"。重复的事件仿佛是轮回,又仿佛是对父亲的补偿。父亲果决地伸出手拥抱晚景的夕照,却被证明不过是诈骗。哎,对人生而言,哪有什么失而复得,从头再来,重复的不过是路障。到了小说的结尾,屡经挫折的父亲再次开启了新的航道,学游泳。"父亲摆着舵,轻易地绕开了这些障碍物。"现在,运河里最大的障碍物,"沉重的货船疲倦地朝前方开远了,风平浪静"。这是让人放松的时刻。"父亲又回到了河中央,他安详地仰躺着,闭着眼睛。父亲不需要感知方向,他驶向了远方,他的脚一用力,运河被他蹬在了身后,再一用力,整个城市都被他蹬在了身后。"是啊,黄咏梅小说里大多是父亲这样的人物,即使遭遇各种各样的路障,他们似乎都在"用力一蹬",试图从生活的水面浮出来,自在地呼吸。

对于超越日常生活的迷恋,使得"飞翔"成为黄咏梅小说中常见的意象。《骑楼》里的小军,一名热爱写诗的空调安装工，感受到了他与他所热爱的事物或人之间不可逾越的距离，于是，"骑着想象飞走了"。《达人》里的丘处机"随时都有离开地面飞起来的可能"。《带你飞》里的严行进和米嘉欣这对夫妻本来渐行渐远，却在一次庸俗的饭局之后突然就飞了起来。严行进一路小跑，攀上了叉车，凌空的脚踢来踢去，要带着米嘉欣飞。飞翔的幻觉在这一刻弥合了分歧，米嘉欣觉得"好像某样东西，丢失了很久很久，猛然冒出来的那一刻"。《负一层》里的阿甘热爱三十层的露台。她会想起张国荣告诉她的，夜晚在高速公路上飙车，飙着飙着，就会升起来，一直升一直升，然后，就把摩托车踩到了天上。她从顶层纵身一跃，也是渴望飞翔的感觉吧。《暖死亡》里的暴食症患者林求安有着大山一般的身躯，移动对他而言是极其困难的事情，所有的运动不过是咀嚼。可是，在梦中，他轻盈地飞了起来，像鸟儿一样在空中掠过熟悉的城市。这关于飞翔的梦也让读者接近林求安的内心。

由此看来，黄咏梅对强调控制的日常生活似乎持有某种轻微的敌意。由于分工和专门化，现代生活发展成为一整套模式化的流程，每个人按部就班，仿佛生活在笼子中的人。因此，她想象一些"古怪而毫不现实的人"，来反抗日常生活对于人的生命的宰制，以此恢复有创造力的生机勃勃的生活。但是，这并不意味着黄咏梅对日常生活持否定态度，相反，她津津乐道于日常生活的美和乐趣，她着迷于捕捉日常生活的气味、声音和颜色。超越与热爱，在黄咏梅的小说里握手言和。反抗的是庸常的、为现代的阴影所笼罩的毫无生气的生活；热爱的是生活中活生生的属于人的心跳、情感与呼吸。"竦轻躯以鹤立,若将飞而未翔。"阿城是如此解释曹植《洛神赋》中的这个状态的——"你们看水边的鸟,一边快跑一边扇翅膀,之后双翅放平。双爪还在地上跑,飞而未翔,是身体刚刚离开地面,之后才是翔。这个转换的临界状态最动人。"黄咏梅大概也非常喜欢这种状态吧,依托于日常生活,却又并非沉溺其中,而是稍稍超拔而出,保持向上的姿态。这也是她反复描摹、心向往之的自我的形象。

三、他人之镜

探求自我,无法离开他人,这是因为自我并非自足的,需要他人来完成自身的善。保罗·利科认为,一个人总是作为他者的自身。因为对他人的爱和理解,与对自己的爱和理解,是一枚硬币的两面。我们通过与他人的关系成为我们自己。这也可以成为理解黄咏梅近年来创作新变的一把钥匙。她以水滴石穿之力,悄然擦亮了两面镜子。一面镜子对准自我,一面镜子对准他人。双镜互照,映照出层层叠叠、虚虚实实的影像,形成了幽深而隐秘的通道,打开了自我的空间。如果说,此前,黄咏梅重在考察外在世界对于个人的影响,现在,她更愿意相信,当外在世界看上去无事发生的时候,人的内心世界或许正在经历狂风暴雨。她要写出这无声处的暗雷。

《走甜》从表面上看是一对男女调情、暧昧的故事,黄咏梅将它定位为"中年生活系列",认为小说讨论的是中年的生命感。所谓生命感,其实也是一种自我意识。小说从"失眠"这一现代人常见的症候切入。对于失眠,小说的主人公苏珊在口头上将之与中年联系起来。这源于现代传媒的"科普"。人们习惯于将疾病抽象化,方便对号入座。苏珊真的认为自己人到中年吗?她是如何认知"中年"这一生命阶段的?这个问题不妨存疑。有意思的是,小说出现了另外一种声音。苏珊的丈夫宋谦认为这不过是另一种撒娇方式。在小说中,宋谦只不过是一个工具人,他的存在,除了给苏珊标出已婚身份以外,旨在承担从他者看待主人公的功能。或者说,这是一面暗处的镜子。叙述者让他出现后又迅速消失,给读者埋下了怀疑的种子。而故事是从"他"开始的。和他的故事,比如报纸上的名字,一次若有似无的对视,全然发生在苏珊的意识中。尽管此时一切都还没来得及发生,他带来了甜蜜的滋味,对于已经习惯了走甜的苏珊来说是新奇的。此时,她的自我意识不再是她自己所声称的中年,而是一个正逢青春期的丫头。那么,他呢?叙述的焦点从苏珊转移到"他"。有意思的是,苏珊和她的丈夫都有名字,这个"他"却是无名的,只有在短信落款的时候,读者猜测他可能姓"童"。这个"童"是暗示他的儿童性格吗?果不其然。"在某些时刻,他还觉得自己是个男孩儿呢。他是不服老的,不为人知地叛逆地还要囚着那个男孩儿呢。……他就是月球上的彼得·潘,孤单得像所有童话的本质。"作家无意为她的人物描上不存在的花边,略带讽刺的几笔,一个有着文艺范儿的自恋自我型人格跃然纸上。从这个意义上说,"他"与苏珊是镜像式人格。当他们相遇,会发生什么呢？小说有一个有意思的细节。当苏珊在隧道里陷入桃色怀想中时，她被"弹出了这条幽暗的百花隧道，迅速被一整个光明拥抱"。现实亲切地向她打招呼，她却感到有点失望。这显然是一个隐喻、一个预测。苏珊和他的关系，始于幽暗的内世界，终将在明亮的现实下烟消云散。对于这场邂逅，两个人都反复权衡，又若即若离，寄希望于对方成为自己人生中的阳光普照，以暂时驱走"中年路上那毛毛细雨般的失望"。也就是说，这对站在中年的门槛前却又无论如何不甘心就此步入中年的男女，期望借此重返青春。然而，一个人无法给予他人自己本来就匮乏的事物。驱风油的气味犹如扎破气球的那根针，将所有桃色的幻象吹落得无影无踪。它提醒他们，像太阳终将沉落，衰老必然降临。这是苏珊，是他，更是所有人无法逃脱的命运。奇异的是，当确认了这一点，苏珊反而寻回了酣睡。从失眠到好眠，是一个完满的叙述循环，也是在他人身上印证自我的过程。

《证据》中年轻的沈笛在貌似美满幸福的婚姻生活中也睡不好。熟悉的日常生活令她感到不安。她不是那种特别有洞察力、敏锐而知性的女子，她只是老老实实按照丈夫大维为她规划的人生活着，没有太多自己的想法。即便如此，她也懵懵懂懂感到，有看不见的深渊，正在侵蚀她的生活，迫使她睁开眼睛，看到生活的真相。那条黑得发亮，像丝缎般绵柔，优雅独立的蓝鲨是她自我意识的投影。这条原本胆小怕事的鱼，一反常态地违反自己的天性，不与其他鱼为伍，终日静守在鱼缸的出水口处，然后在某一天消失得无影无踪。沈笛与大维关于蓝鲨为什么会消失的推测其实表征了两人截然不同的世界观。大维认为蓝鲨是被发财鱼吞食，这象征了他信奉弱肉强食的达尔文主义，这也是大维一路攻城略地、占据社会食物链的上游的原因。而沈笛更倾向于相信它是从鱼缸里逃走了，就像她逐渐意识到她的那个富足美满的家不过是大维给她打造的鱼缸。当她开始对他的话产生怀疑的时候，也是她从家庭的牢笼中挣脱的开始。

同样从失眠开始叙述的还有《睡莲失眠》中的许戈。因为情变，许戈开始失眠，她下意识地回避失眠的真正原因，而将之归结为邻居在深夜亮着的一盏灯。这意味着，她回避那个内心深处真实的自我。她将自我投射到一朵睡莲上。"它挨在假山一角，相比起其他花型，它略小，但不局促，每一瓣都张开到极致，像伸长着手臂要想得到一个拥抱。……所有睡莲都闭门睡觉了，独剩它还没合拢，月光照在花瓣上，比在太阳下更为耀眼。许戈站在池塘边看了许久，等第二天上午再过来看，发现它混在那些盛开的花中间，没事人一样，开得照样精神，看不出一点失眠的萎靡。"一朵在夜晚独自绽放的睡莲构成了许戈的想象性自我，她既希望自己像睡莲一样充满生命的活力，也渴望着与他人的深层联结。黄咏梅在小说中经常启用这样与人物命运构成对照的意象。比如，《病鱼》中那条叫满崽的精瘦的发财鱼，就象征了小说的主人公满崽。《证据》里的那条挂单的黑色蓝鲨，是主人公沈笛潜意识的自许。这些事物既是读者用以观测人物内心世界的镜子，也是人物自我意识的标记物。在许戈不断咀嚼、反刍自己的情感生活过程中，读者不断接近许戈的生活。许戈的生活与通俗言情小说构成了某种互文关系。许戈亦步亦趋地按照言情小说的套路对待自己的生活，也收获了像言情小说一般狗血的结局。对黄咏梅来说，在通俗小说结束的地方，她的小说才真正开始。许戈需要借助他人来治愈自我，重建自己的生活。在邻居那个伤心女人絮絮叨叨的话语中，她触摸到小夫妻的甜蜜日常，也得以隔开一段距离，从他人的视点去打量自己过去的生活。那些过分戏剧化的部分，像泡沫一样从生活的水面消失了，生活本身所具有的那种恒常性的东西渐渐从底部升起。他人作为镜子，映照出日常生活中因为过于平凡而被遗忘的部分，而事实上这才是日复一日向前奔流的生活最为坚固的基石。在小说的结尾，我们都能感到，某种变化在许戈身上发生了，她不再漂浮，而是具有了生长性。所以，许戈所看到的那朵睡莲也随之发生了变化。"那朵失眠的睡莲终于收拢起了花瓣，比其他花收得更紧致。许戈去看的时候，感到有些失落，好像她和它之间失去了某种联系。第二天中午，她又去看，满池苏醒的花朵，开得欣欣向荣，尽管有一些已经开始步入凋零，萎谢的花瓣落到了叶面和水面，但还是挣扎着盛开了。那朵花竟然还在睡，对灿烂的阳光毫无知觉。看起来，它的花瓣还没有松动至跌落的迹象，倒是被一些什么力量收紧着，像一只握起的小拳头。或许它是醒着的，只是捂着一些孤独的秘密，等到想好之后，它会再张开。"在他人盛大的绽放中独自收拢，不为良辰美景所动，这暗示着许戈已然迈过了心理上的最低谷，正在积蓄重新绽放的力量。

黄咏梅不止一次谈到，究其根本，她的写作无非是追问"我为什么会成为这样的我，我们为什么会成为这样的我们"。换句话说，黄咏梅是在以日常生活为尺度，测量自我。阅读黄咏梅，就是以文学的透镜，重新打量我们的日常生活，就是在我们既有的生活之外，想象生活所具有的多种可能性。从这个意义上说，黄咏梅仿佛是一位向导，深入沉默寡言的生活地位，引导我们去理解一些不被理解的他人，同时也是理解我们自己——那些连我们自己都不曾察觉的部分。

《钟山》2022 年第 4 期

~ 下编 ~

「那条漆黑的路走到了头」——石一枫《借命而生》

未来已至——李宏伟《国王与抒情诗》

不惹尘埃的美摇摇晃晃——葛亮《北鸢》

拘谨的热望,或混沌的正义——滕肖澜的《心居》

重新想象世界格局与区域地图——闻人悦阅《琥珀》

尝试理解一个时代——路内《雾行者》

"那条漆黑的路走到了头"

——石一枫《借命而生》

一

石一枫在他的小说《借命而生》中，将故事发生的时间定位于1988年，这显示出几分不同寻常。石一枫是少数几个对于当代生活有着巴尔扎克式的好奇心的作家。当代生活，于他而言，不止是在素材意义上而存在；准确地说，当代生活就是他的世界观和方法论，他目不转睛地注视着沸腾的当代生活，仿佛一个历史学家专注于某段历史一样，企望目睹一座海市蜃楼从奔流的波涛与迷蒙的雾气中缓缓生成。他渴望在其中发现某种真理性的东西——它像微小的火焰，在一瞬间照亮纷乱，让我们得以整理我们的生活。石一枫告别练笔之后的创作无不清楚地显现这一点。现在，我几乎可以肯定，当他从当代抽身出来，转而书写八十年代，绝不是出于怀旧的目的，也不是出于扩大题材领域的需要，我只能谨慎地猜测，他一定是发现了当代精神生活的某种根源。要说清楚这一点，必须回到八十年代。或者说，八十年代，蕴含着理解今天我们所经历的一切的钥匙。那么，石一枫在八十年代发现了什么？

来不及寻找答案，我已然被警察杜湘东的形象所吸引。老实说，警察的形象在当下的小说中已然蔚为大观。作家们从格雷厄姆·格林们的小说中得到灵感，发现了警察（或侦探）这一充满魅力的人物形象。他们有着机敏的头脑、不凡的身手，在职业领域简直堪称英雄，却把自己的日常生活搞得一团糟。这样的人物在人的尺度上充满张力，对我们有着无可救药的吸引力。此外，警察这一人物形象是撬动小说的有力杠杆。有警察，一般来说就有案件。案件构成了小说的戏剧性层面，推动了小说情节的进展。警察这一人物形象就像透镜，透过他，我们看到了五彩斑斓的人生。这样一个典型的警察形象在《借命而生》中也有，那就是为杜湘东提供了帮助的被形容为大虾米般的警察。他的人生故事俨然传奇，嵌套在小说中，为小说增添了一抹绚丽而悲怆的色彩。

但杜湘东显然不是这样的警察。纵观他的一生，他并未建立起任何值得叙说的丰功伟绩，他的人生干巴巴的，似乎也无法吸引更多目光的停留。但是，作为小说着力叙述的对象，石一枫提醒我们注意他的精神性存在。是的，这样一个人物，他的精神内涵似乎比他表现出来的行动、他的话语都要丰富得多。

这是一个典型的带有八十年代的理想主义精神的人物。"八十年代的理想主义实际上是非常复杂的，既有对现代化的热烈憧憬，又有人对自身的更高的美学追求；既有对现代性异化的批判，又有对专制社会的强烈抗击……在各种矛盾的冲突之中，相互纠缠而组成十分强大的情感力量，很难用一句话来概括清楚。它表现出来的，更多的是一种情感形态，使人在种种困窘之中爆发出强烈的奋进精神。"杜湘东身散发着理想主义的气息。刑警这一职业对于他而言，不止于生存的需要，更是精神追求，是个人价值得以实现的唯一途径。为了这一点，他已经做好了充分的准备——"各项考核成绩全队前三名，擒拿格斗在省级比赛里拿过名次……"他渴望在职业追求中奉献他自己，也成就他自己。这股昂扬奋进的精神紧紧地抓住了读者，是啊，谁没有过这样的时光呢？血液在血管里沸腾着，好像要不顾一切地奔涌着泼洒出去，似乎只有如此，人才能像人一样活着。石一枫极为准确地抓住了属于八十年代的时代精神，通过杜湘东这样一个人物，让属于八十年代的氛围笼罩了我们，叫我说，这是比通过器物抵达时代更为高明的写法。

然而，我们又知道，理想之所以为理想，正在于它位于现实世界的彼岸，与现实世界有着不可调和的冲突。从这个意义上，散发着理想主义光芒的年轻的杜湘东，必然要遭遇挫折，甚至必然要成为悲剧。从一开始，石一枫在描绘杜湘东的时候，用的词语是"憋闷"。这几乎成为他一生的写照。可想而知，杜湘东的理想主义在与现实的碰撞中迸出怎样的火花。首先是职业理想落了空。没有关系的杜湘东来到了郊县的第二看守所，结结实实感受到了因为理想所带来的"寂寞"。但似乎寂寞也并未完全消磨了杜湘东。现实世界展开了对他的第二重考验，那就是婚姻。有意思的是，石一枫在叙述"心里有那么点儿浪漫"的杜湘东着实一点都不浪漫。他创造了一个以"忧愁"为主要特征的人物刘芬芬，从此杜湘东的人生就陷落在日复一日的"忧愁"之中，被琐碎的日常生活所淹没。叙述到这里，我们大约瞥见了八十年代末新写实小说的影子，假如小说在此收束，那无非是另外一个小林，是又一个版本的"冷也好热也好活着就好"的故事，是日常生活对于理想主义的吞噬。当然，也不全然是吞噬，杜湘东身上有一种奇异的力量，这力量足以使他成为理想与现实的拉锯场。现实如同潮水般涌来，看上去白茫茫一片，但潮退之后，理想的岛屿居然还顽强地在。杜湘东之所以能从八十年代走入我们的生活，并深深地打动我们，某种程度上，他应该感谢被押送到看守所的两个犯人——姚斌彬和许文革。他们扰动了或者改变了他的人生，但某种程度上也把他带入"当代"——我们得以目睹一个时代是如何消失在另一个时代之中，并从这无可避免的消失之中发现崭新的美。

如果说，杜湘东披挂着八十年代理想主义的光晕，那么，姚斌彬和许文革则代表了八十年代精神的另外一个层面，即对于个人的确信。从源流上讲，姚斌彬、许文革同蒋子龙的《赤橙黄绿青蓝紫》中的刘思佳、张洁的《沉重的翅膀》中的杨小东等人物处于同一精神谱系。他们都是国企里的青年工人，聪明，有活力，在八十年代初期的改革文学中被认为是支持改革、支持现代化的中坚力量。他们会经历什么样的生活？改革文学的作家们似乎都抱以乐观的期待。三十年过去了，在回首这一时期的文学时，我曾经不无感慨地说："假如把时间线拉长了看，改革终究要涉及利益再分配的问题，杨小东这样的'个人'迟早是要承担改革的'阵痛'。我们大概能料想到，杨小东们之后会下岗、会待业，会遭遇今天我们遭遇到的种种问题。'人'从国家机器的控制下被解放了出来，是为了将其组织到现代化国家建设的制度关系中去，组织到市场经济的生产关系中去。'政治个人'在这一过程中被转化为'经济个人'，早晚会接受'市场经济'对'个人'的新一轮异化。那个时候，杨小东们还会这么意气风发吗？这是历史的疑问。"现在看来，石一枫也注意到了他们，他愿意满腔热情地想象他们此后意气风发与颓唐沮丧交织的人生。杜湘东与姚斌彬、许文革的第一次见面是以冲突开场的。他们的角色定位虽然不同——一方是管教者，一方是被管教者，但是他们的确分享了共同的精神处境。当姚斌彬发出"我不该在这儿呀"的哀鸣的时候，他唤起了杜湘东内心深处的共鸣，他们都拒绝时代给他们的规定角色与规定位置，希望能从中突围出来，建立属于个人新的秩序。随后，姚斌彬和许文革在看守所里凸显出来并引起了杜湘东的注意，则是因为他们的个人能力。在八十年代末，劳动本身还有着社会主义中国所赋予的神圣的光泽，人们依然保有对"技术"以及由"技术"而来的"力量"的巨大信心。姚斌彬和许文革则凭借其"技术"优势成了某种意义上的"英雄"，哪怕是在看守所这样一个不合时宜的空间内。"技术"令他们脱颖而出，成为杜湘东观察的对象。与此同时，姚斌彬对于因为手受伤所带来的劳动能力丧失的担心则构成了叙述的暗线，它的影响甚至要到小说终了才能为我们所意识到。从另一个角度看，杜湘东如此关注他们，难道不是因为他身上也背负着他引以为豪的"技术"么？他相信，他所具有的职业技能是其理想主义精神的有力支撑。只有在八十年代，"技术"与"人"的关系还十分密切，它尚未脱离人本身，成为异己的力量。那时候的人们，尚且能从容地享受"技术"或"劳动"所带来的的荣耀与体面。他们如此信赖"技术"，认为"技术"能帮助他们过上他们所梦想的生活。于是，我们看到，在"技术"这一核心点上，杜湘东与姚斌彬、许文革再次相遇了。他们共享了八十年代的精神底色，从这个意义上说，他们是八十年代之子。他们所经历的一切是个体的偶然遭际，也是一个时代的必然命运。石一枫通过他们，奇迹般地召回了八十年代，让我们沿着我们的来路，重新走一遍我们已经走过的路，探寻我们今天所面对的世界的历史投影。由此，《借命而生》获得了历史感，而我们早已确信，当下其实是被历史塑造的。

然而，写到这里，我突然又生出了怀疑。我和石一枫是在八十年代前后出生的，也就是说，我们并未经历八十年代的精神场域。无论是石一枫所书写的，还是我所击节赞赏的，其实都是关于八十年代的想象。这想象来自从这个时代走过的人们（大多是知识分子）的叙述与回忆，很难说没有变形和虚构。从这个意义上说，《借命而生》又是关于虚构的虚构，关于想象的想象。这么一想，这个让人颇有些沉重的小说立刻有了丰盈的质地。是的，像鸟儿那样轻，而不是羽毛。

二

石一枫小说中的人物有着密实的纹理——我们仿佛与他们近在咫尺，能够感受到他们沉重而缓慢的呼吸，他们的表情里有他们的来路，也隐藏着他们的去处。不仅如此，石一枫更用心于人物关系，他发明了一套叙述法则，让人物关系构成小说的核心与情节动力，小说自身获得了动力。在《世间已无陈金芳》中，看上去陈金芳是主要人物，其实还有一个主要人物"我"。"我"不单承担叙述的职责，还有义务在叙述中有限度地展示自己的生活，由此，"我"的波澜不惊的人生与陈金芳波澜壮阔的人生构成对比，在陈金芳颇为戏剧性的故事背后，"我"的恒常不变成为另外一种价值体系，就像是背景，一明一暗，丰富了小说的层次。这套叙述法则是如此屡试不爽，在石一枫的大部分小说，比如《地球之眼》《营救麦克黄》《特别能战斗》中都能看到这一叙述法则的影子。

《借命而生》也不例外。石一枫进一步发展了这一核心叙事法则，着力打磨了两个层面的人物关系。第一个层面是姚斌彬和许文革的关系。姚斌彬与许文革为金石交，两个人对彼此的理解与互相成全，几乎是这部小说最动人的地方。细察文本，可以发现，石一枫有意赋予两者以差异，从而形成张力。外表上两人一高一矮，许文革"高而壮"，"一张脸像西方雕塑似的棱角分明"——这一外貌特征彰显了人物性格之冷而硬,姚斌彬则是"一张娃娃脸,两颊各有婴儿似的一嘟噜肉。眼睛又大又圆,长睫毛上沾着泪水,让人想起某种鹿类"——"婴儿"云云似乎在暗示他的软弱。两人构成保护与被保护的关系。杜湘东对两人在看守所一举一动的观察也无不验证这一点。所谓观其人,识其行,大概就是这个意思。但是,你所看到的全部事实,就一定是生活的真相吗?石一枫提醒我们注意这一点。只有在经历了一辈子那么长的时间以后,我们才得以通过许文革的自述来接近真相——"我和姚斌彬从刚进厂子当工人,就开始给外面搞维修。上面说我们干私活儿,隔三差五地敲打我们,就连我都打算收手了,可姚彬彬才不管那一套。他这人看起来性子软,但骨子里比我可'轴'多了。外人都以为我一直护着他,其实大事儿我都听他的。"保护者和被保护者的身份突然调转过来,让人错愕,也有力地解释了越狱这一小说的核心事件。也就是说,作为一个有技术,也有主见的"新人",当姚斌彬知道了自己已经因为所谓的"偷盗"事件失去了劳动能力,他认为自己已经彻底失去了进入新的时代场域的资格。他所能做的,是通过逃跑将警察的注意力吸引到自己身上,从而给许文革一条生路。也就是说,眼看着一个时代的闸门在他眼前缓缓落下的时候,他选择了以一己之身扛住闸门,让许文革逃出去。这真是一个悲情的故事,特别是考虑到两人本来有着历史的恩怨,是姚斌彬的妈以爱化解了这一切之后,你就会更加感慨造化弄人。石一枫为什么要这么写?姚斌彬和许文革之所以会承担这样的命运,是因为他们站在了历史的关口，中国社会刚刚开启了从集体思维到个人思维的变化。石一枫着力写出历史转型期人的变化——他们有的越过了这个历史关卡，成了今天所谓的"成功人士"，有的则被关在了大门之外。石一枫需要不同的人物来呈现截然不同的道路，因此，姚斌彬与许文革承担了不同的角色，与此同时，两个人作为精神共同体暗示我们，所有实现了的与并未实现的共同构成了我们今天的现实。

当然，石一枫用力最多的，还是杜湘东与姚斌彬、许文革的关系。甚至可以说，这一组人物关系支撑了小说的全部叙事。如前所述，一开始，杜湘东与姚斌彬、许文革是看守者与被看守者的关系，但正是在这看似严峻的关系中，杜湘东感受到了二人对他精神上的吸引力。说到底，他们是被共同的时代风气所影响的人物。紧接着，发生了逃跑事件，姚斌彬与许文革一个慨然赴死一个亡命天涯，杜湘东与他们的关系变成了追捕者与逃亡者的关系。可以说，在追捕过程中，杜湘东的生命活力被激发出来，他不再是体制下的一个螺丝钉，他终于有去实现自己当刑警的理想；也是在追捕过程中，他得以近距离观察他的理想的"现实形状"——大虾米般的警察将他向往的一种可能在他面前生动展开。大虾米般的警察的成熟世故映照出他的幼稚单纯，大虾米般的警察的机警映照出他的莽撞……这本应是他人生最高潮的一刻：在种种几乎不可能的条件下，他居然前所未有地逼近他的猎物，却最终让许文革逃脱了。这是杜湘东与现实的一次近距离交锋，一个转向了个人化的社会却向他展现出了他从未想象过的狰狞面目。在杜湘东和许文革的想象中，个人一旦从集体的庞大阴影中挣脱出来，将会展现不可限量的活力。然而，实际情形是，"这是一支面目模糊、好像由影子组成的队伍，人人沉默不语，脸上黝黑一片"。在小说中，这是对矿工的描绘，但更像是对一个时代的隐喻。如我们所想象的，在市场经济的条件下，被解放出来的个人重新回归无名状态。让杜湘东憋闷的不仅是许文革的逃脱，更是他深刻意识到理想的失落，无论他面对新的时代如何置之不理，现实是，他在少年时期苦练的一套本领并不能帮助他成为他想象中的优秀刑警。缺乏与现实的碰撞，不经过现实的打磨，理想终究会失去它诱人的光泽，就像一把闲置已久的剑渐渐卷刃。

杜湘东与许文革再次相逢已经是 2001 年，这期间，理想主义的八十年代过去了，"喧哗与躁动"的九十年代也过去了，到了新千年，一切都变了，时代仿佛被新的逻辑所占领。什么逻辑呢？金钱的逻辑。这个时候，杜湘东与许文革的关系再次发生了变化。表面上看，他依然是管教者，许文革依然是被管教者，但因为许文革有了足够多的金钱，杜湘东感觉自己处于心理角力的下风。他虽然可以利用自己的小权力让许文革没那么痛快，但那充其量不过是一个孩子无关痛痒的捣乱。金钱的逻辑不仅在于杜湘东的心理层面，也在于现实层面。因为金钱的魔力，许文革终于脱离了逃犯身份，回到了阳光之下。"人们需要的只是一个励志的传奇，一个暴富的神话。"曾经的猎物成为了时代的英雄，作为捕猎者，"他感到了彻骨的乏力"。

憋闷到了极点，反而让杜湘东生出了力量。"而在此前那些年里,他本人的存在价值仿佛仅仅是为了陪衬'他们',以显示'他们'才是强悍的、磊落的、高尚的——所以他才会长久地憋闷,憋闷得让他忘了自己也是能发光的。现在,他必须做点儿什么了。他得换个角色,还得向他所处的世道讨个说法。"杜湘东从之前的观察者、沉思者变成了行动者,显然,让杜湘东发生这一变化的根本原因是,世道变了,公平的问题取代了发展的问题。现在,许文革成为了杜湘东所不理解的世道的肉身,他必须采取行动,才能真正搞清楚他究竟面对的什么样的时代。杜湘东在展开侦查的同时也让自己切切实实成为了窥探者。这窥探是可笑的,就像"三蹦子"在面对这个时代的庞然大物之时显得那么渺小与荒谬,如此不堪一击。说起来,他是没有资格成为这个时代的敌手的,也没有能力与这个时代的成功生意人许文革抗衡,假如许文革不是还保留着八十年代的初心,假如这个时代仍然延续之前的逻辑的话。

在杜湘东一成不变的生活与对生活的理解中,时代又迅速发生了让他看不懂也弄不清的变化。变化之一是他曾经试图挣脱的机构将他遗忘在了原地。另一个变化是,时代的逻辑再次发生了变化,许文革也彻底被甩在了时代之外。这一次,他们又站在了一起,就像八十年代一样。

小说是以杜湘东的视角来展开叙事的,杜湘东成为小说的取景器,通过他的眼睛,我们得以看到姚斌彬、许文革的生活。当然,杜湘东这一取景器不是恒定不变的。拉近,拉远,再加上杜湘东的所思所想,取景器构成了对所拍摄事物的占有,也构成了对所拍摄事物的扰动。正如桑塔格在《论摄影》

里说的:"拍摄就是占有被拍摄的东西。它意味着把你自己置于与世界的某种关系中,这是一种觉得像知识,因而也像权力的关系。"而杜湘东与姚斌彬、许文革的关系,与其说是权力关系,不如说是精神同谋关系;与其说是观察者与行动者的关系,不如说是共同经历这个时代,只是以不同的形式;与其说是失败者与成功者的关系,不如说他们都是失败者——在不同的时期,经历不同的失败,但这失败中也透露出光亮来。那句话怎么说来着,虽败犹荣。

三

人与时代的关系是这部小说不彰自显的主题。石一枫试图以二十年的时间跨度,来探寻人如何处理自身与一个飞速发展的时代的关系。这是一个经典的文学主题,也是今天的我们需要面对的主题。

小说人物出场的时候,他们处于领先于时代的位置。如前所述,杜湘东是有理想主义追求的,"他当年考警校想的是立功,是破案,是风霜雪雨搏激流和少年壮志不言愁"。杜湘东敏锐地感受到了时代的变化,并希望借由年轻人特有的力量感,实现个人价值。如果说,杜湘东还只是朦胧感受到了时代的变化,那么,姚斌彬则是准确地洞见了时代的本质,并积极为即将到来的时代做好准备。"姚斌彬告诉我世道变了,在新的世道里,人应该有种新的活法,活得和以前不一样,活得和我们的爹妈不一样。他还说我们得先做好准备,变成有本事的人。"许文革的这番自述打开了当年他们之所以如此的黑匣子。一个时代的变化,全然有赖于先行者发现变化的契机与可能,然后带动更多的人的变化。但是,这并不意味着先行者将会获得时代的酬报。恰恰相反,时代的进步有时候是以对先行者的毁灭作为代价。鲁迅的《药》就描绘了一个肉体被"杀"和精神被"吃"的先行者形象。杜湘东、姚斌彬等先行者付出了各自的代价。杜湘东与单位的整体氛围格格不入,成就感只能来自"真寂寞"。这种格格不入逐渐磨损他的志气,消耗他的力量感,把自己变成了他曾经难以忍受的环境的一部分。"他突然发现年轻同事们看他的目光是似曾相识的。在哪里见过呢?其实并没有'见'过,那是若干年前自己看待老吴的眼神:虽然亲热但又不屑、怜悯。现在人家也把他当老吴看了。微微鼓起的后视镜里映出了一张滑稽变形的脸。两腮深陷,被风吹乱的头发白了三分之一。除了牙齿尚在,他的面貌和做派都在活脱脱地向着老吴那个方向飞奔。"当然,杜湘东的改变,直接原因是姚斌彬、许文革的逃跑案件带给他的巨大挫折。但我以为,遇不遇上这回事,杜湘东大概率是会变成后来这个样子的。

姚斌彬和许文革就更不用说了。为了熟悉汽车,两个人被当做小偷送到监狱,一辈子无法洗脱自己。更可怕的是,姚斌彬甚至被偶然选中,失去了劳动能力,最后他付出了生命的代价。死亡让他永远停留在八十年代。他被八十年代的光晕笼罩着,成为我们刻骨铭心的怀念。许文革呢?他看似侥幸从落下的闸门下勉强逃生,但一辈子只能以"无名"的状态生活着。

至于他顽强地从无名状态中挣脱出来，那是另外一种不同于姚斌彬的英雄主义了。从这个意义上说，《借命而生》是关于先行者悲剧的故事，杜湘东、姚斌彬和许文革三人不同的人生道路叠加着，浓墨重彩地说明了这一点。

然而，一个时代的先行者有可能成为另外一个时代的落后者。这部小说的另外一部分则是落后于时代的人们的生活。如果说，在故事的前半部分，杜湘东、姚斌彬和许文革，包括那个叫老徐的大虾米般的警察，或多或少显示出了英雄主义的气概，那么，到了后半部分，除了死者永生，其他的人都被时代无情地碾压，光环散去，生活的卑微本质显露出来，每个人都成了彻头彻尾的失败者。

杜湘东显示出了失败者的面容。随着逃跑者许文革的抓捕失败，振奋着他，让他不至于出溜下去的那口气也就烟消云散了。一开始就纠缠着他的世俗生活成为他最大的敌手。表面看上去，他与世俗生活和光同尘，但是杜湘东知道，一直注视着他的我们也知道，他从来没有向世俗生活屈服过——世俗生活既没有成为他的价值观，也没有构成他的行动逻辑，从这个意义上说，杜湘东与姚斌彬一样，一直活在了八十年代。

那么，对于许文革来说，情形又不太一样。一度，许文革与九十年代的时代逻辑是合拍的。这逻辑就是通过劳动积累资本，利用资本进一步改进技术，扩大再生产，从而实现资本的不断升级。就这样，许文革成为时代的宠儿，一名成功商人，他与"身为一名穷人"的杜湘东的关系进一步拧紧。然而，资本趋利的本性决定了资本不断逃离劳动来摆脱对劳动进行管理的任务，从这个意义上说，金融资本取代产业资本是资本发展的必由之路。而劳动是许文革根深蒂固的逻辑，他不理解也不接受从产业资本到金融资本的更新之路，这也决定了他必然从时代的列车上滑落，同杜湘东一样，成为被时代抛弃的失败者。

老实说，这些年来，在文学的世界，我见多了形形色色的失败者。他们是局外人，是多余者，以自己的存在说明世界的荒谬，也见证并加强了文学的否定性价值。这当然也不错，至少，文学存在的价值之一就在于向世界提供另外一种可能。但是，看得多了，失败者也令我感到倦怠。假如失败者没有恒久的信念与信仰，假如失败者不能从失败中穿透出光亮，那么，这失败也就是失败了。然而，读《借命而生》的时候，我却不忍心将他们称呼为失败者。是的，无论他们如何衣衫褴褛，如何形容枯槁，我被他们强烈而高贵的思想感情所打动。他们就像一个标本，留在时代的夹缝中，却拓下了时代最真实的形象。这大约就是《借命而生》的价值所在。

四

希利斯·米勒在《小说与重复》中提请我们注意"重复"这一文学现象。他说："在各种情形下，都有这样一些重复，它们组成了作品的内在结构，同时这些重复还决定了作品与外部因素多样化的关系。"在这部小说里，石一枫刻意实践了"重复"。比如，在写到许文革的时候，石一枫多次重复"一张脸像西方雕塑似的棱角分明",在读者心目中将许文革与"雕塑"一样的脸紧密联系在一起。这既是许文革的典型特征,也暗示了许文革的力量感。事实上,"重复"体现在关于"好人"的对话中。"好人"也成为理解这部小说的一把钥匙。

在小说中,姚斌彬四次被不同的人表述为好人。第一次,在杜湘东约了一位法医,给姚斌彬看手之后得知姚斌彬已经成为残疾之后,杜湘东出于各种考虑,并没有让姚斌彬知道真相,反而告诉他"没大事,养养就好了"的时候,姚斌彬突然说:"您是个好人。"此时的"好",是与"坏"构成二元对立关系的。杜湘东在什么意义上被姚斌彬确认为"好人"?是因为杜湘东并未像工厂里那些人一样,对他们超出时代的探索不仅不予以理解,反而在不问缘由的情况下将他们定性为盗窃,还是因为杜湘东在履行管教的同时对他们施以人道主义的善意?石一枫并未打开姚斌彬的内心,我们只能猜测可能两者都有。特别是,当读完全书再回头读这一段时,我们会发现,此时的姚斌彬已经知道了他已经残疾,他唯一可以依靠的迈入新时代的劳动能力已然丧失,此时姚斌彬的表现简直可以称得上冷静到残酷。他没有为不公的命运而哀嚎,顶多只是"表情有点儿呆滞"。在命运向他显示出狰狞面容的时刻,他居然还能接受杜湘东对他伤残情况的隐瞒,并认定杜湘东是个好人,这个"好"反而映衬出姚斌彬的善。此时的"好",从人道主义的层面径直上升神圣的层面。看似柔弱的姚斌彬示范了"善好"足以到达的高度——他能敏锐地发现善的行为,并承认善的限度。所谓承认善的限度的意思是，当善与个人保存发生冲突的时候，承认他人个人保存的优先级。从姚斌彬的角度来看，他清楚了自己的处境，也清楚以杜湘东的能力不足以帮助他逃离此悲惨境地，所以他没有对杜湘东过多要求，也不责备他隐瞒自己伤残的事实，反而是对杜湘东显露出来的善意表示感谢。从这个意义上说，"好"映照出来的不仅是杜湘东，更是姚斌彬。

第二次，是许文革向杜湘东表示："您是个好人。"这仿佛是许文革和姚斌彬作为精神上的同胞兄弟对杜湘东的再次确认。姚斌彬和许文革或许并不清楚杜湘东对案件的再调查，也不知道杜湘东深入到他们的日常生活中，但是，他们能强烈感受到，杜湘东是把他们当正常人看待，并未因为身份的差别而对他们存有偏见。这是"好"的另一层面的涵义，即，人和人是平等的，应当以同情心、同理心视之。此外，从小说的叙事角度看，"好人"的断语事实上隐藏着许文革的愧疚之情。他们已经为逃跑做好了准备，而这个准备建立在杜湘东对他二人信任的基础上。承认杜湘东是好人，言下之意是他们即将辜负这个"好人"。或许，"好人"不可避免被辜负的命运吧。

第三次，当许文革逃跑之后，杜湘东开始照料姚斌彬他妈妈的日常生活，也是进一步进入姚斌彬、许文革之前的生活状态。在这一过程中，姚斌彬他妈妈说出了儿子曾经说过的话："杜管教，你是个好警察。"请注意，此时的杜湘东，是从职业层面被认可的。有意思的是，在每次有人对他说"好人"或"好警察"的时候，他都有一段非常生动的心理活动。

"这已经是第三次有人说他'好'了。但他这个'好'警察此刻的所作所为,都是在弥补一个对于他这种职业而言不可原谅的错误。到底什么算'好',什么算'坏'呢?杜湘东意识到,在那些截然相反的概念之间,还存在着一个复杂的中间地带,而他和姚斌彬、许文革都被困在那里,似乎永远不能上岸了。这种处境几乎是令人绝望的。"这番话涉及"好"的第三个层面:好在思想、行为与结果之间的分裂。从思想层面上看,杜湘东、姚斌彬和许文革毫无疑问都是"好人"。杜湘东对自己有职业要求,也有人道主义追求。他尽他所能地平等对待他人,哪怕对方是被他管教的犯人,在法律意义上是有瑕疵的人。这也是八十年代的时代精神。但是,他对他人的信任在客观上导致了逃跑事件的发生,这成了他职业上一辈子无法抹去的污点。而这一污点对他是致命打击,要知道,他是将职业荣誉看得高于一切的。"好"的想法却导致了不那么"好"的结果。同理,对于姚斌彬和许文革来说,他们追求的是技术熟练,是自我实现,但"好"的追求却因为方式之不合理给他们的人生带来了巨大的厄运。从这个意义上说,他们其实都是"好"的受害者。美德并不意味着好的命运,恰恰相反,美德往往是悲剧性的。这也就是杜湘东所领悟到的他们被困在复杂的中间地带的原因。

杜湘东第四次被人评价为"好警察",是通过一个律师转述许文革的话,"这是个好警察"。显而易见,这个律师并不认为正义是美德的一种,他唯一忠诚的是他的职业伦理。从这个意义上说,他更适合职业评价,而不是道德评价。因此,当这样一个律师对杜湘东进行职业评价的时候，杜湘东的反应可想而知。反讽的是，正是在这一评价之后，小说达到了情感高潮。两次"好"的评价之间，隔着漫长的时间跨度，这期间，沧海桑田，时代的转折已经让一切面目全非。这个"好"，与其说是道德评价，不如说是许文革对杜湘东的最深沉的信任，这信任因为时间的加持而具有了厚度和深度。"好"就像一面镜子，照出了杜湘东和许文革灵魂深处的面容。追逃者和被追逃者之间，因为对彼此的关注，竟成为各自都不自知的知己。在那一瞬间，杜湘东其实已经从感情上理解了许文革，也理解了自己被这"好"所蹉跎的人生。

然而，他仍然需要一个解释。或者说，杜湘东与许文革需要抛弃其他的中介，面对面地辨认彼此。从这个意义上说，杜湘东的查案、追踪、盯梢显得更像是一个事件的回声，是促使他们见面的理由。这一天终于到来，当许文革将一切和盘托出之时，对于杜湘东来说，除了感慨自己的"窝囊"和"白活了"以外，他还能说什么呢？他怀着满腔热情要投入这个时代，要让生命焕发出光彩，可偏偏却成为时代的旁观者，只能眼睁睁地看着许文革替姚斌彬，也替他自己活了出来。许文革该怎么安慰他呢，除了那句"好人"以外，许文革似乎没有其他的言语。但此时的"好人"却焕发出前所未有的光彩。"好"本身所具有的价值就是生命的价值。没有成为行动者，并不意味着人生就没有意义。终其一生，杜湘东用他的生命捍卫了"好"的价值。从这个意义上说，杜湘东、姚斌彬和许文革非但不是失败者，而是英雄。在这个几乎所有价值都需要重新勘定的年代,石一枫以他的小说,他的小说人物,轻轻擦亮了"好"这根指针,让钟表重新滴答作响。这一刻,我心存感激。

五

毫无疑问,《借命而生》以严肃的方式诚恳地面对我们的时代。石一枫坚定地知晓一切,我们的生活,我们的激情,我们的困惑……唯一的问题是,他可以有所不知。这是从优秀小说家向杰出小说家迈出的重要一步。

《扬子江评论》2018 年第 2 期

未来已至

——李宏伟《国王与抒情诗》

一切事物都泛出不可思议的时间的色彩。

——路易斯·阿拉贡

一

《国王与抒情诗》的异质性在小说的一开始就初见端倪。

——2050年诺贝尔文学奖得主宇文往户意外去世。

这里出现了鲜明的时间坐标——2050年。这显然不像以日常生活为原材料的小说——故事发生在当下或者过去某个确定的时空，也不像科幻小说——故事发生在缥缈的未来。2050年，一个不那么遥远的未来，假如你我足够幸运，将活到那个年代,亲眼目睹将要发生的一切。现在,作为读者,我们深吸一口气,做好准备在小说里目睹一个似新实旧的世界的诞生:说它新是因为科技的日新月异似乎让那一时代呈现出与今天截然不同的面目,但是,因为不太遥远,它与现在的关联又比我们想象的要深远得多。打个不那么恰当的比方,《国王与抒情诗》中呈现的世界,与现实世界共享了一个支点,同时又与现实世界构成了锐角或钝角关系。李宏伟选择在这样一个时间点上创造他的小说世界,必然包含了他对于时间以及关于时间所蕴含的力量的思考。由此可以推断,时间,或者说关于时间的意识,是进入这部小说的通道。

时间被明显标红,进而从小说中凸显自身,是在宇文往户获得诺贝尔文学奖的诗作《鞑靼骑士》中。顺便说一句,在小说中包裹诗歌,李宏伟处理得极其妥帖而自然。对他来说,这根本不是形式,而是内容。在国王、宇文往户和黎普雷三人构成的紧张关系中,如果说,国王可以通过帝国的文化历史、运作机制与构想来展现其思想,黎普雷是在对宇文往户死亡事件的追索中展现其个人魅力,那么,《鞑靼骑士》则是宇文往户情感与智慧的投射,也是与"国王"构成对峙的抒情诗的外化。一个诗人,只能在文字中成为他自己。这是李宏伟不容怀疑的信念。

零星的诗句散落在小说中,犹如石子投向湖面,荡起一圈圈涟漪。比如这一句:

> 领骑着亘古未有的大军,冲向沙粒的汪洋

> 要在夜晚虚无的靶心深处，拔下那支昨日之弓
> 疾速射出的，长达一百年的昨日之矢

在这里，出现了不匹配的时间量级。"昨日之弓""疾速射出的""昨日之矢"，却"长达一百年"。可以把"昨日"理解为隐喻意义上的过去、过往。那么，在漫长的时间之河中，昨日，可以是一百年。但我更倾向于认为，"日"是一种时间计量单位，"年"则是 365 个"日"的叠加。看上去，小的时间单位不能容纳大的时间单位，但假如人类获得了关于时间的自由呢？也就是说，一种线性的时间观念控制了我们对时间的理解，在宇文往户或者说李宏伟的诗句里，他恰恰暗示我们可以挣脱这一时间观念的桎梏，通向更为开放的时间，于是，看似矛盾的一切至为融洽地在一起，那支昨天射出的迅疾无比的箭啊，用了一百年时间，才得以抵达今夜的虚无。

好吧，理解了这一点，才能理解《鞑靼骑士》中那条时间的河流。是的，看上去，这是一个十分老旧的比喻——时间如流水。孔子站在浩浩荡荡、奔流不息的河边的感慨，已然成为千百年来我们关于时间的感性认识。李宏伟并不打算在此应和这一感慨，他把它改造成为了某种时光机器。在此，新和旧又一次拥抱了彼此。但是，这时光机器也不像我们在科幻文学里所熟知的闪着金属光泽的"机器"，而且，最大的不同是，每一次时光穿梭，都不是主导下的行为，也就是说，骑士每一次渡过时间之河，并不能预期自己将抵达哪个时间点，过去或者未来，一切都是偶然，一切都是命运，骑士只能在命运这只看

不见的大手的挥舞下亍亍而行。

我以为，这是李宏伟对于人在时间中的处境的根本理解。在他看来，随着技术的飞速发展，人不再是时间线条上的一个工兵，只能亦步亦趋地向前不能后退，人有可能获得某种自由，在时间之中来回穿梭的自由。但这个自由是真的自由吗？显然并不是。人并不完全具备自由意志，而是像一颗上帝的骰子，被扔掷在何处，就从何处重建自己的人生。

事实上，在这部小说的本体部分，我们也能看清楚人在时间之中的处境。尽管小说将时间设定在2050年，但是，李宏伟利用空间的区隔，创造出了三种不同的时间场景。

一种是未来时间，也是小说着力描写的时间情景——每个人都有移动灵魂（看看！灵魂这种从古希腊人到我们都说不清道不明并为此争论不休的存在，居然跟"移动"连在一起，成为某种工具性的物质），并通过移动灵魂接入意识共同体。等一等！这样的表述听上去有几分熟悉，移动灵魂难道不像我们现在须臾不可分离的手机，而所谓的"意识共同体"，根本就是互联网的升级版嘛。这么看来，李宏伟所想象的未来，并没有脱离今日之世界而变得无法识别，不过是今天的升级罢了。而在他所做的变形中，还能看到作者灌注的小小讽刺和轻微的笑声。但是，在他的书写中，还是能看到未来与今天的重要不同。一个很重要的不同，是时间的数字化。在黎普雷扮演侦探角色查找宇文往户死因的过程中，线索之一就是对于资料时间的鉴别。李宏伟煞有介事地标识出几个不同的时间：宇文往户留在陶罐里面的纸的生产时间是2028年5月；正面宇文往户所写的"就此断绝。保重"六个字的时间是2029年9月。反面的字,也就是清楚写着二十一年后他诺贝尔文学奖受奖演说提纲的那些字的时间是2029年9月。作者甚至安排了宇文往户在末尾写下"29930"的密符,指向2029年9月30日,以此强化时间的数字感。此前,我们隐隐感到,人类对于时间的观念将发生重要变化,而此刻,谜底揭晓,变化不过是我们对时间的理解不再感性化、具象化,而是更加抽象,完全数字化。数字,意味着剥去了时间所可能具有的感性形式,只留下准确到了极点进而枯燥的部分。仔细想一想,难道这一变化只发生在时间上吗?应该说,李宏伟描摹的未来时间,人类的一切都只以数字化的形式存在。比如,获得了诺贝尔文学奖的宇文往户,其作品也只是以数字的形式存在,只跟下载数有关。现在,你理解为什么李宏伟要不厌其烦地一一罗列小说中可能出现的时间节点,每一个时间节点,他甚至会精确到年、月、日、点、分,因为,只有在大量的重复中,我们才能深切感受未来世界数字化的冰冷现实。

将时间理解为一串数字,带来的另外一个问题是,丧失时间感。黎普雷在进入意识共同体,搜索宇文往户的过去而一无所获之后,发出了这样的感慨——"意识共同体改变的不仅是人与人交往的方式,更在不动声色地刷新人们的时间感,让人更习惯更安于即时与当下,而逐渐抛开对时间的追溯与展望。"显然,这不仅仅是意识共同体带来的,而是对时间体验方式的变化带来的。当时间仅仅体现为数字的时候,人们是很难在数字上寻觅过去与未来的。时间因此被压缩成扁扁的一片，没有来路，也没有去处，除了飞速变化的数字。从这个意义上说，李宏伟书写的2050年，尽管看上去生活更为舒适便利，人们可以直接通过脑电波发送信号，快速便捷地提供和获得信息，与他人更为直接地联系在一起，但是，于我而言，那是一个是令人恐怖的所在，因为，时间停止了。

所以，黎普雷必须寻找时间，或者准确地说，重新体验时间。这大概才是宇文往户安排黎普雷体验其葬礼的真正用意吧。

果然，小说行文至此，文风陡然一变，悠然、绵长，饱含着抒情的汁液，与整部书坚硬、透明的叙事风格大不相同。在这里，时间感是通过空间感体现出来的。黎普雷跟随宇文燃行驶了五个小时，"下午五点五十分，来到茫无涯际的宇文草原面前"。"茫无涯际"是对空间的形容，也是时间的暗喻。数字化的时间，是不可能呈现出"茫无涯际"的。黎普雷清楚，只有丢弃现代世界的一切，包括关闭移动灵魂，以肉体之身直接进入时间的疆域，才可能体验出时间的不同。可以说，在那一刻，黎普雷渡过时间之河，重新返回了古典时间。所谓返回古典时间，不仅仅是你体验到了时间的不同，更重要的是，你将通过世间万物的应和来理解时间。

> 天黑之后，变化逐渐出现。天色完全暗下来，是晚上八点之后。这出乎黎普雷的意料，但等他在天上确确实实看不到一丝阳光带来的明亮，包括霞光时，他看了看表，是晚上8点13分。天上的星斗也似乎在那个时间

点，被一块大的丝绸掸去了蒙在上面的灰尘，亮度增强了许多，足以让他们踏着星光前行。阒寂星空下，马蹄落在干枯的草径上，踩进绿色尚存的草芯里，发出了枯草折断的干净利落的声音，再至汁液迸溅的湿润温婉的声音，使得群星满布的夜空呈现蓝幽幽的美。

真美啊。我不禁像黎普雷一样感慨。只有挣脱了数字化的时间，才能在古典世界里与自然坦然相对。自然向人类绽放神秘、幽美的一面，而人类，在自然的怀抱中重新体验时间的变化。星辰。太阳。光的转换取代了数字，标志着时间的变化。"天色也以无法界定确切时刻的方式转变，星斗之光后退，太阳之光上前。一进一退没有直接的交锋，都以云的通透程度来体现。"对于人类来说，古典时间是什么样的体验呢？一方面，因为摆脱了科技加诸人身的种种扩大或者限制，人的身心彻底舒展开来，感官无限活跃，能够感受最微小的事物。于是，时间被放大，每一个瞬间犹如被放置在放大镜下面，纤毫毕现。黎普雷的感受也是如此，"当下的每一个瞬间都看得分明，可是完全无法连贯一气"。这固然是写一个人酒醉之后的反应，也不妨看作是一个适应了未来时间的人在古典时间里的眩晕反应。另一方面，因为瞬间被放大，时间变得极其漫长，或者说，因为在人心里留下的印记过于深刻因而显得漫长。但无论如何，时间因之而可感可亲，我们可以在此中安放自己。此时此刻，唯有诗歌能够表达这异乎寻常的时间体验：

> 天空有什么在落下？是你穿过时间的柔软墙壁
> 穿过玫瑰的萼片，穿过苜蓿紫色的衣冠
> 把十二点的凉意落在我的手臂上吗？是你定下闹钟
> 把我从一层层的身体里面剥开、唤醒？固执如你。

柔软。没错。在古典世界里，时间当然如墙壁，是某种阻隔。但是，因为人在古典世界里足够感性，因而时间也是柔软的，仿佛一双温柔的手抚过你，拂过世界，去领受那份"凉意"。但是，诗句里突然出现了"闹钟"，这一具有现代意味的物件意味着，最终，黎普雷将抵达现代时间。

李宏伟又该如何规划现代时间的空间场景呢？当大队人马沿着草原的土路行进，突然之间，一条通衢大道"毫无预兆"地出现了。小说写出了从古典时间转换到现代时间的那种突如其来与毫无预兆。是的，现代性的重要标志正在于，它以无可辩驳的时间性把现在与过去拉开了距离。如果说，古典时间的形象是茫无涯际的草原，那么，现代时间的形象则是空无一人的城市。城市，当然是属人的，是为了人的聚居生活而规划出来的。可是，小说里的不定之城却完全洗去了人的气息，"每一条街道都空空荡荡，街灯、红绿灯、栅栏、盲道、隔离墩，等等，所有这些现在仍旧或已然陌生的城市零件，比比皆是，只是统统洗脱了人的气息。""整座城市就是空，空空荡荡，空旷如也。就像是丧失生命活力的老人一样，他并不再展现应然的可能性，可也决不被终结，被非他之物定义。"为什么一座为了人属于人的城市却失去了人的气息呢？李宏伟想通过这一悖论性的场景传达什么？这个问题暂且放下不表。这一抒情性叙写在黎普雷驱马来到平台处到达高潮。规划而成的废弃停车场显示出了人类理性所不能把握的一刻，透露出压抑的无处不在的神秘气息。在黎普雷的震撼中，我分明感受到了李宏伟的犹疑：该怎么去想象现代时间呢？或许，他也没有十足的把握。很可能，他以为现代时间恰恰处于古典时间和未来时间的中段，既具有古典时间的神秘感，也具有未来时间的工具理性，因而呈现出中间物的特征。也就是说，现代，是持续和永恒的统一，是时间的裂沟。作为一个小说家，李宏伟明显感到了现在朝向未来敞开的那一刻，或者说，未来植根于现在的那一刻，人的存在方式将发生重大的改变。

二

当然，人并没有消失，在2050年。国王、宇文往户、黎普雷，包括警察李伟，他们依然在时间的帷幕下生活着。可是，他们属"人"的意义发生了多大的变化？或许，我们应该回到小说一开始的"科幻"设定中寻求答案。

意识晶体。自在空间。移动灵魂。意识共同体。这些词，是李宏伟虚晃一枪耍的小花招，还是确有深邃的意义？在李宏伟设想的2050年，每个人年满十二岁，作为成人礼，他／她可以被植入意识晶体。这是以国王为领袖的帝国文化这一商业公司的发明——"以移动灵魂为中介，通过意识晶体的捕捉与识别，个人接入意识共同体，与他人建立了直接的便捷联络渠道，所有信息的分享也直接在意识共同体上实现了。"也就是说，在2050年，除未满十二岁的儿童，几乎所有人都植入了意识晶体。

显然，这带来了人对于自我与他人关系、与世界关系的体验的变化。小说也直截了当地描述了这种变化——"想一想，有什么能比你的所有意识，你的意识见证、想象的一切都可以被捕捉到，随时可以回放、印证、确认更能让你有存在感？有什么能比你只需动念就能和朋友交流，你想要的信息可以直接通过意识捕捉来得更便捷？最关键的是，只要你不关闭移动灵魂，不退出意识共同体，你就拥有了和意识共同体上所有人共在的感觉。这种共在感不是幻觉，它实实在在，因为只要你呼唤，就一定有人回应，这个回应也一定是你最想听到的那种。"某种意义上说，意识共同体就是巴别塔，人类得以跨越语言的障碍经济政治的不同直接以意识互联。意识共同体甚至被上升到"人类共同体"的高度。然而，所有的跨越都须得付出代价。对于2050年的人类来说，代价就是植入意识晶体。

李宏伟特意在附录部分讲了几则故事，包括孩子们欢天喜地植入意识晶体以庆祝成年，一个信息奴的自白、意识共同体上的交往故事以及在摘除意识晶体之后所带来的不适感。简而言之，他们的现实感，或者更极端一点说，他们的自我，都得通过意识晶体才得以建立。无怪乎小说中当黎普雷第一次见到宇文燃的时候就十分确定，她身上没有植入意识晶体，因为"她的双眼也是直直看过来"，"不像时常出入意识共同体的人，因为双眼调焦而无法更改这一下意识习惯"。可见植入意识晶体，已经成为判断一个人"是我族类"的标志。

那么，植入意识晶体意味着什么？就在这部小说出版的2017年，人工智能突然成为人们热烈谈论的对象，起因是柯洁在对战人工智能Alphago中败北。另一个小范围谈论的事件是，机器人小冰出版了诗集。2016年或2017年，被人们称作人工智能元年。大家恐惧而又热烈地谈论着这一切，仿佛无数次在电影上上演的机器人时代很快就要来临。人工智能的威胁似乎迫在眉睫，可能的应对途径之一是实现人脑与人工智能融合。据说，埃隆·马斯克（Elon Musk）成立的公司Neuralink就是要把人脑与计算机直接融合。"马斯克希望'脑机界面'能进行人类意识的实时翻译并将之转化为可输出的电子信号，从而可以连接并控制各种外部设备，用他的话说就是'当你的念头一闪而过时，电视机或车库门便自动打开了'。"看，这是不是很像被植入了意识晶体的人类在2050年的情形。对此，有相关领域专家强烈反对，并质问："你们知道如何防止人类的自我意识被彻底抹除吗？"其理由是："我们的自然感官，主要是让我们接受认知性的信息，而不是让外来的控制信号随便侵入，这就为保护和维持我们每个个体的主体地位打下了基础。"

看上去，李宏伟似乎并不认为"脑机融合"就能直接修改人类的大脑，进而抹杀人类的主体性。但是，随着小说的逐渐深入，随着黎普雷对宇文往户死因的深度调查，这个问题最终还是浮出了水面——人在何种意义上是一个具有主体性的独立的个体，自我在什么意义上得以确立。从这个意义上说，宇文往户的死深深撼动了黎普雷，也撼动了作为读者的我们。一个诗人，一个对于时间有着敏锐感知，写出了《鞑靼骑士》并获得诺贝尔文学奖的诗人，理应是对人的主体性有充分体认的人，却在颁奖前夕准备获奖演说的那一刻，才猛然发现，所有的一切都是被设计、被引导的，无论是人生，还是创作，甚至细致到获奖演说的提纲，都是多年前被预先安排好的，这真真叫人情何以堪！我承认，这个情节有电影《楚门的世界》的影子，但是，李宏伟的着力点不在被设计的人生上，诗，或者用李宏伟的话说，抒情才是他真正的关切。

正如这部小说的书名显示的那样，"国王"与"抒情诗"构成了张力结构：两者互相反对，又互相补充。在小说开始，帝国作为一个商业机构，就占据了核心的主导性力量。它掌握了对信息的控制权，通过对信息的控制、甄别、运作，从而达到在意识层面控制、操纵所有人。这与其说是李宏伟对未来世界的想象，不如说是对我们现实世界的描绘。当我们埋首于手机、互联网，并津津乐道传播其中的信息碎片时，我们怎么会警觉，其实我们已经被他者所驱使，久而久之，乃至于塑造成另外一个人。但是，总是有但是，信息也有其理想化的一面，正如国王陈述的那样："消耗语言的抒情性，最终取消语言的存在，以此实现人类的同一，实现同一意义上的不朽、不死，这不是我个人的妄念、狂想，这是人类的趋势。高度连接的信息让人类有了互通的可能，与他人深度关连，以信息将彼此紧紧捆绑在一起，这是任何生而孤独的人都拒绝不了的诱惑。"不得不说，这正是李宏伟高明的地方，他显示出经过良好的思维训练所抵达的敏锐——在众人看到事情的这一面的同时，他能观察到月亮背面的情形。因此，国王与帝国，并不意味着道德意义上的邪恶，而是映照出李宏伟理性思考的路径以及深度。

至于感性，毫无疑问，李宏伟借助于黎普雷这一主人公，统统投射到文字身上。比如，黎普雷对于帝国文化这一商业公司最大的贡献就是提出了"文字作为基本粒子，将是帝国文化运行的根本与核心"。这一观点不仅决定了帝国文化未来的发展方向，更重要的是，它主导了国王关于人类未来的想象。但是，文字何以具备这样的力量？或者说，我们要追问黎普雷这一思想的来龙去脉，却发现只是茫然。我们能知道的是，黎普雷个人在情感上对文字十分偏好，他需要通过写字来平静自己的情绪，安抚自己的灵魂——"收集文字，把一个个原本陌生的字归置到身边来固然带给他完全的充实。"当然，李宏伟也借宇文往户之口道出了文字的意义——"你说，我每天和这些书坐在一起，是不是就是和字坐在一起？视之可见，听之可闻，抟之可得。这样一想，我倒是格外喜欢有些生僻字、怪字的书，每一个字就像一个物种，一个民族，不能消失、灭绝了。"这固然是对文字的某种哲理化说明，但还是没有说出文字何以成为人类未来核心的根本原因。因此，相对信息，文字所背负的思想含量要弱一些，未能与信息构成势均力敌的力量。这也决定了小说中的人物形象中，国王的魅力要远远大于宇文往户和黎普雷。

问题是，李宏伟所描绘的人类的两种未来，仅仅是信息与文字的关系这么简单吗？我们换一种追问方式，信息与文字背后，还隐藏着怎样的符码？如果我们能想到，信息，特别是文字信息，大体上是各个面目殊异的文字，携带着不同的意义，手拉手站在一起，泯灭掉自己的个性，重新组成新的意义的过程。这么形容，我们或许在慢慢逼近这部小说的真正内核。"国王—抒情诗"的关系，不仅仅是"信息—文字"的关系，更核心的是"个人—共同体"的关系。国王与黎普雷的根本分歧也在于此：国王追求的是人类大同，是磨灭了个人的共同体，是人类建立在无分别基础上的永生。而对黎普雷来说，有情才是人之为人的根本意义，没有了个人的人类甚至没有存在的必要。是要人类还是要个人，这一分歧巨大而深刻，也是我们所有现实处境的根本出发点。

"自我追问与辩驳"，这个词组在全书中出现了两次，暗示了《国王与抒情诗》的野心所在。显然，它并不像传统的小说，有人物，有事件，有场所。大部分时候，它是黎普雷的内心独白，以及与他人的对话。到了小说的高潮部分，就纯由三个人的对话推动小说前进。当然，更不像类型小说，有固定的套路。它有些类似于黄德海所说的"思想实验"的性质，即从纷繁复杂的现实生活中提取元素，再加以抽象化、纯化与绝对化，然后将之放置到某一非现实的实验环境中，想象两者的纠缠、碰撞与博弈。左手是理性，右手是感性，左手和右手的互搏，使《国王与抒情诗》具备了大部分小说所不具备的思想的气质，以其独一无二的气质为中国小说提供了新鲜的成分。应该说，这也是《国王与抒情诗》最为迷人的地方。

三

在叙事过程中，小说的重心发生了一次转移。起初，《国王与抒情诗》借用了侦探小说的外壳，黎普雷就像一个私家侦探，动用各种手段——思维的和物质的，寻找宇文往户的死因。然而，小说进行到一半的时候，这一叙事动力逐渐丧失，答案自动显现出来。现在，小说面临寻找新的叙事动力的问题。李宏伟将之处理为帝国的继承人问题。国王、宇文往户，包括黎普雷本人都必须证明，黎普雷是国王最合适的帝国继承人之一。

何以证明这一点？

> 从这个角度来说，它们是真正的抒情诗。你写的时间很短，只用了七天。也过去了很久，四年六个月二十一天。但是这些哀悼十二诗人的文字，它们浓郁的抒情性，它们直接碰撞物质坚硬面的决心和力度，都体现了你本人身上的抒情性。帝国不需要一个冰冷的继承人，他一定要对抒情有充分的了解，最好他就具备抒情诗人的气质。对文字这一语言基本粒子有强烈的感知力，对抒情性这一人类基本的表达方式有独具一格的认知。这是现阶段帝国继承人的基本要素，你身上都有。因此，你是帝国候选继承人之一。

真是绝妙的讽刺。一个以弃绝文字，消耗掉语言/文字的抒情性为己任的帝国，最终以抒情性为绝对指标，来选择它的继承人。这充分说明，李宏伟擅长以反转问题的方式解决问题。现在，所有人——国王、宇文往户、黎普雷都以正反不同的方式肯定了抒情的意义。那么，抒情何以担当此重任？

抒情究竟是什么？小说对此含糊其词。在小说的倒数二三个小节，李宏伟通过"说文解字"的方法为"抒情"立论。可以说，这两个小节也是全书立论核心所在。所谓"情"，就是："阴气。有欲。"所谓"抒"，就是："挹。表达。"关于抒情，存在于黎普雷心志之中——"个人也好，整体人类也罢，意识到结局的存在而不恐惧不退缩，不回避任何的可能性，洞察在那知道糟糕局面，却丝毫不减损对在那之前的丰富性尝试，不管是洞察还是尝试，都诚恳以待，绝不假想观众，肆意表演，更不以侥幸心理，懈怠惫堕。这种对待世界，对待自己的方式，不就是抒情吗？"说老实话，我很为黎普雷或者李宏伟这番"知其不可为而为之"的悲怆感而感动。但是，关于抒情什么，我仍然不得要领。我只能猜测，从小说看，抒情，大约部分来源于关于死亡的某种体验。宇文往户和黎普雷，是具备抒情诗人气质的人。国王是如何设计宇文往户的抒情性呢？国王特意安排了乔伊娜，给宇文往户带来终生难忘的情感。这一情感必须通过死亡来强化。所以，在目睹了乔伊娜展现在面前的活生生的死亡之后，宇文往户必然走上了国王所设计的抒情诗人的道路。同样，我们对于黎普雷的个人生活所知不多，唯一确凿的是，他失去了杜娴并因而借酒精逃避一切。这失去，几乎就相当于死亡了。这还不算。宇文往户还特意要用自己的死亡来加深黎普雷对于抒情的理解。难道，死亡，是通向理解抒情的桥梁吗？

沈从文在《抽象的抒情》里说："事实上如把知识分子见于文字、形于语言的一部分表现，当作一种'抒情'看待，问题就简单多了。"照此说法，抒情是人类精神生活中文学所处理的疆域？或许这就是为什么给黎普雷以启示，却从抒情反向思考问题的阿尔法说出下面这番话的原因？"通向国王的不朽的路上，所有耽延人类的语言障碍物、文字绊脚石都来自文学，文学就是人类自身的病菌，抒情就是上帝驱逐亚当、夏娃时铭刻在他们身上的诅咒。"黄德海在关于《国王与抒情诗》的评论中概括了他对抒情含义的理解——"蔓延心智的瞬间集中。散乱情志的刹那聚合。尚未被创造出的存在。从未被体验的情感。不曾被照亮的心理暗角。并非理性的退场，是理性与所有感知加速运作的产物。快到倏忽，人们忘记了酝酿过程。无中而生的有情，对准那个时代人类的普遍困境，人人翘首以盼的抒情之诗。"

在李宏伟的词典里，抒情、审美、感性、文学大概是一个意思。我以为，他是抒情的原教旨主义者。这么说的意思是，他对抒情或者语言／文字有一种信仰般的感情。他必须为抒情／文学辩护。有趣的是，为诗辩护这事，每隔一段时间，总得有人做一次。比如，之前，诗人雪莱曾经为诗辩护过，文艺复兴时期英国的文艺理论家锡德尼也曾经为诗辩护。现在，李宏伟以小说的形式开始了新的为诗辩护。我有一个奇怪的偏见，文学一旦涉及处理自反性问题时，一旦开始自我观照，总是显得虚弱。这大约是因为，无论多么雄辩，一旦开始辩护，那么，一定是被辩护的对象的合法性出了问题。需要重新确认文学的合法性。如此浩瀚的开篇，事关人类的未来，落脚点却还是落在了文学这一针尖上。

为诗辩护，还源于李宏伟面对现实以及未来的焦虑。在他看来，文学必须加入时代不同力量的对话中去，参与到对社会未来发展方向的规划。具体地说，他对信息社会的到来怀有深深的忧虑，试图以文学为罗盘校正其方向。这是文学朝向寒光闪闪的未来的一次尝试。李宏伟以孤绝之身，想象一种未来，并以他深爱的文字看见它，试图抵抗它。对，是抵抗而不是召唤。因为他看到的未来没有文学的容身之地。这样的未来，他认为不值得到来。然而，这种抵抗更像是一种绝望的姿态。作为同道中人，我深有同感，却也知道那不过是唐吉诃德又一次对着风车挥舞长矛。

有这样一个细节颇值得玩味。在《国王与抒情诗》中，作为小说最核心的一个构件，是宇文往户获得诺贝尔文学奖的受奖演说提纲——"一份写于二十一年前的受奖演说提纲决定了所有的判断，促成了所有的选择，国王据此断定世界趋势，往户以此认定意识共同体的发展程度。"在这份演说提纲里，提到了生活在今天我们这个时代的诗人于坚。有意味的是，正是在这部小说出版的2017年，于坚获得了华语传媒文学大奖年度杰出作家奖，并发表了一份获奖感言。他说："写作植根于语言，何以仁者人也？因为语言。这种魅力无法祛除，它是一种古老的拯救，一种暧昧的抵抗。上帝沉默的地方，写作继续。……进步一直在通过各种确定性的技术驱赶着写作，但是进步永远搞不定，因为不确定意味着一种对物的超越，写作这件事来自每个个体心灵的深处，来自那种我们汉语称为灵性、灵魂的东西，来自比任何技术都更古老的语言，靠此，文明才一直照亮。……技术进步、细节的删繁就简、确定也许意味着方便，舒服。但是，技术无德。……说到底，写作是一种存在的依靠，诚实的守护，魅力的持存，好在的指认。写作是一种德行。"看，于坚真的是李宏伟的同道，或者说，所有诗人都是这么看待抒情/语言/文学的（别忘了，李宏伟也是一个诗人）？事实上，这也是一大批文学知识分子关于文学的某种想象。在他们看来，文学在时代的长河中时隐时现，但是，它是人类精神的底色，只要它在那儿，当一定的契机到来之时，它必然会发挥其作用。他们是文学的本质主义者。

然而，将抒情过分绝对化，却使得抒情丧失了力量。可以举个例子加以说明。比如，爱与善良大概也是与抒情一样，具有本质化力量的词汇。可是，在《三体》中，刘慈欣通过程心这一人物重新思考这一概念的意义。当程心以执剑人的身份面对三体人的威胁时，在最紧要的关头，程心放弃了终极威慑，将整个地球带入万劫不复的境地。之后，她又说服维德放弃对太阳系联邦的抵抗，再次放弃了人类"生"的希望。毫无疑问，在人设上，程心是爱与善良的化身。她作出种种选择和决定的理由自然也基于爱与善良。可是，当刘慈欣想象未来的时候，他足够冷峻，能将爱与善良放在天平上，用作危机时刻的砝码,去衡量它究竟意味着什么。而面对抒情,惯于反向思维的李宏伟,却不能绕到它的背面,到了最后关头,他甚至让一直致力于清除语言抒情性的国王所代表的帝国文化,也开始正面肯定抒情之无与伦比的重要性。仿佛是一场凶险无比的战役,在紧要关头,对峙双方却从战壕里走出来握手言和。这让我们在这部小说里时时流连于思维的火光四射,满心以为将会看到漫天烟花的人落了空。

是的,像我这样的怀疑主义者大概不相信有什么能具备至高无上的绝对化的力量,即使抒情也不能。对于时代而言,对于生命而言,只有变化是永恒的。因此,抒情只有与一个个具体的时代发生关系,从中获得养分,才能构成张力。我曾经返回到八十年代的文学现场,去寻找抒情话语的痕迹。在那时,抒情从来都不仅仅是一种修辞形式,一种文学的表现形态,相反,抒情恰恰与"新时期"的意识形态构成复杂的博弈关系,从而不断扩大其内涵,生成其美学形态。抒情本身也面临不断自我更新的挑战。倘若没有不断升级,同时代发生能量交换,抒情最终会丧失活力,不再为时代提供解决方案。

今天,抒情,或者说文学自身面临着重重危机,就像李宏伟在小说里写到的那样,比如帝国文化在评估一个字继续存在的必要性之后会采取清除行动,让这个字完全消失,这是文学所面临的严重危机。当文学赖以生存的元件消失之时,文学哪还有容身之处!再比如,帝国文化分析、提炼文学作品中的故事模式、情感类型和语言结构,通过重复使用使之丧失活力,这难道不是我们今天文学的根本处境么。事实上,从文学的角度解决文学问题已经不再可能，需要社会，也就是帝国文化所代表的一极为之提供能量。从这个意义上说，尽管帝国文化是抒情最大的敌人，但也是有可能让抒情走向新生的重要力量。或者说，国王行为本身，也是抒情的一种。他对人类永生怀有的强烈愿望与坚决行动，难道不是另外一种层面的抒情么！

现在，通过《国王与抒情诗》这部小说，我们对李宏伟大概能看得比较清楚了。未来的事，他是用一个过去的人的感情来写的。于是，过去和未来，在他的小说里拥抱了彼此。他让我想起了《鞑靼骑士》中描述的一个场景："一人一马漂泊四处，在到处闪着令人害怕的金属光泽的大地上，寻找再也回不去的蛛丝马迹。"

《上海文化》2017年第5期

不惹尘埃的美摇摇晃晃

——葛亮《北鸢》

葛亮的《北鸢》，笼罩在一片昏黄的光晕中。葛亮曾经如此描述过写作的场景："多年来，《据几曾看》摆在案头。写作前后，我时不时会翻一翻。不为别的，只是视之为习惯，作沉淀心智之道。"可以想见，葛亮的祖父葛康俞的遗著《据几曾看》充当了时间的信物。葛亮凭借此，得以从喧嚣的此世脱离出来，顺利地抵达祖父的时代，悠悠地写下他家族的故事，以及想象的年代。

这般想象，自然有其根源。据葛亮自述，写作《北鸢》的动因，是编辑寄了一本陈寅恪女儿所著之书给他，希望他从家人的角度，写一本书，关于祖父的过往与时代。然而，对于已有多年小说创作经验的他而言，竟是相当为难。葛亮讲述原因："但我其实十分清楚，真正的原因，来自我面前的一帧小像。年轻时的祖父，瘦高的身形将长衫穿出了一派萧条。背景是北海，周遭的风物也是日常的。然而，他的眉宇间，有一种我所无法读懂的神情，清冷而自足，犹如内心的壁垒。"假如这番自述为真，则可以证明葛亮严格确实遵守了小说家的准则，即从自己完全熟悉，有充分把握的人物开始，构建小说情境。因此，他将焦点对准了他的外公，沉下心来，一笔一画地勾勒他的来路与去处，以及他身披的时代烟霞。对于小说家而言，想象一个时代，就是想象一种生活方式。而想象一种生活方式，须从想象一个人开始。好吧，关于《北鸢》的故事，且从"这个人"开始。

一

世家子弟卢文笙出场之时还是个婴儿，却已然不同凡响。

干净的孩子，脸色白得鲜亮。还是很瘦，却不是"三根筋挑个头"的穷肚饿嗓相，而有些落难公子的样貌。她便看出来，是因这孩子的眉宇间十分平和。阔额头，宽人中，圆润的下巴。这眉目是不与人争的，可好东西都会等着他。

这描写有几分《红楼梦》中宝玉出场的味道。有意思的是，此时的相貌描写，已不再像十九世纪欧洲小说那样，为的是让读者对小说主人公有一个清晰的形象。不，直到小说结束，读者恐怕也很难在心中描摹出文笙的样子。所谓的描写，不过是为了暗示其性格，进而以预言式的口吻暗示其命运。

这是极具症候性的时刻——葛亮的踌躇两难从一开始就清楚地呈现在文本中：他确定小说以写人为第一要务，如果没有人，小说就犹如沙中筑塔，溃散是早晚的事。但是，他又不甘心让小说成为"小"说，他有强烈的野心，要去摹写一个时代，一个他虽不能至心向往之的时代。要写出一个时代，一个或两个人显然是不能够的，只有让他们更多地去看，让更多的人进入视野之中，一个"大"时代才有可能从纸面上缓缓显形。

一个人还是一群人，我以为，这是葛亮的根本困境。理想的情境，或者说，葛亮追求的境界是"人""群"皆在：一个人历历在目，一群人声形毕肖。这并不是不可能完成的任务。比如，葛亮熟读的《红楼梦》就是如此。但是，《红楼梦》是有严格的时空限制的。虽然总体时间跨度达十五年之久，但小说主体笔墨集中在大观园内的五六年间。从这个意义上说，"小"是可以包容"大"，或者说生出"大"的。葛亮显然认为，只有假以充裕的时日，让文笙和仁桢从一个婴儿成长为一个青年，经历更多的人与事，才得以见出时代之风声。可是，切口过大，原本对人物的那份熟悉反而遁去，令作者失去了整体把握人物的能力。

从这个角度去看《北鸢》，我们会发现，文笙在小说中的露面次数实在不算多，且每一次露面都遵循了同一原则，即作者以神谕的口吻宣布其出众的德性与以其德性相匹配的更好的命运。比如，葛亮是如此描绘刚刚一岁的文笙的："他的脾性温和，能够体会人们的善意并有回应。回应的方式，就是微笑。一个婴儿的微笑，是很动人的。这微笑的原因与成人的不同，必是出自由衷。然而又无一般婴童的乖张与放纵。……然而，人们又发现，他的微笑另含有种意味，那就是一视同仁。"有时候，这种神谕式的宣布是借助其他有威望有德性人之口说出来。比如，在文笙抓周那一天，葛亮叙述他什么都不抓，"仍然是稳稳地坐着。脸上的笑容更为事不关己，左右顾盼，好像是个旁观的人"。这时候，就需要一个人就此再次肯定其命运。小说选择了为世所重却淡泊名利、与俗世瓜葛无多的吴清舫说出了这样一番掷地有声的话语："公子是无欲则刚，目无俗物，日后定有乾坤定夺之量。"这样的叙事策略一用再用。再举一个例子。小说写文笙一直不会说话。突然有一天，孩子开口说话，家人引为大喜之事。小说用庄重的语调记下了这一幕——

这小小的男孩，站在落满了梧桐叶子的院落里。四周还都灰暗着，却有一些曙光聚在他身上。他就成了一个金灿灿的儿童。她没有听到任何声音，却已经有些惊奇。因为笙哥儿扬起了头，在他的脸庞上，她看到了一种端穆的神情。不属于这个年纪的小童，甚至与她和家睦都无关。那是一种空洞的、略带忧伤的眼神，通常是经历了人生的起伏，无所挂碍之后才会有的。这一瞬间，她觉出了这孩子的陌生，心里有一丝隐隐的怕。

她慢慢走向他。这时候笙哥儿蹲下来，捡起一片枯黄的叶子。她停下了脚步。这孩子用清晰的童音说，一叶知秋。

"一叶知秋"是整部小说的定音。葛亮自己常常说的是"大风起于青𬞞之末"，其实是一个意思，意味着大历史往往在日常生活的细节中折射出来。让小文笙字正腔圆地说出这个词，显然是葛亮对小说整体基调的定位，也暗含着将文笙这一人物形象圣化和神秘化的打算。

当然，赋予小说人物以神秘感从而提高人物的魅性，不是不可以。给读者以某种命运的暗示之后，让文笙去感受去经历，并以自身的经历详解或者违逆命运，也是极好的写法。但是，葛亮被众多的人物迷惑了目光，他似乎很难从文笙周围的人物身上回过神来，专心致志地让他"端穆"的神情之下长出血肉，迸出心跳。或者，另外一种可能是，其实同读者一样，葛亮知晓的只是他沉默的表面，无法深入他的内心，去了解他的行事逻辑，进而理解他的性格，感怀他的命运。

如何想象文笙呢？按照葛亮的叙述，文笙应该是一个受过传统儒家教育，以经商为业的世家子弟。倘若葛亮能以小说人物的职业身份为突破，掀起民国时期五金业乃至整个商业的变迁史的一角，由此更进一步，以经济见证时代，也能掀开时代的帷幕，露出其坚实的质地。然而，涉及文笙职业身份的，不过是他遵循母命，投奔舅家，一边读书，一边学做生意。怎么个学做生意法，葛亮并无详细描述。不过是带了一句，因为日本人占据了华北和海南的铁矿命脉，并课以重税，导致生意萧条。此后，也不过是文笙跟着永安，奔赴上海去"商场上一展拳脚"。文笙并未像《子夜》中的吴荪甫一样，向我们展现出他如何在商场叱咤风云或者困难重重的一面，当然，说到底，到小说结尾，他也不过还只是个青年，似乎并未到大展宏图的时刻。但是。我以为，最根本的问题是，葛亮对于文笙究竟该如何定位，想得也并不透彻。或许是因为孟家重文轻商的传统，葛亮仿佛也耻于言商事，或者说，他根本就不认为文笙实际上是一个年轻的资本家，而是更倾向于将他定位为知识分子。好吧，假如将文笙指认为知识分子，但他又尚未表现出"智性"的才华。在这一点上，作者对主人公文笙的刻画倒不如仅仅寥寥几笔的克俞，至少，克俞还在读者心目中留下了才子的印象。对于文笙，我们的印象反而是模糊的，不得要领的。尽管作者用了许多褒奖的词语赞赏他，但究竟不如"察其言观其行"来得真切。

在小说中，文笙不仅讷于言，似乎也并不敏于行。如果说，在文笙的生命中有浓墨重彩的一刻，应该是他在同学凌佐的带领下无意中加入了工人夜校，并在韩喆的带领下参军。这是新文学中经常描写的一刻：出身世家的少年从大家庭中挣脱出来，投身于大义。对于葛亮，也是一个绝好的机会——假如他能让我们进入文笙可信的内心世界，进而认同于他，他或许还能"活"过来，可惜的是，葛亮过于克制，也过于"淡笔写深情"了；墨迹淡了，人物的风采也随之黯淡了。一个核心主人公无法叫人建立起情感认同，对于一部小说来说，真真是一件极危险的事。失去了一个可信的主人公无异于松动了小说的核心构件，小说对于时代的反映必然也会失真。

于是，在大部分时候，文笙真的成了葛亮所说的"旁观的人"。在小说中，他由主人公下降为一个功能，就像一只风筝，线头在葛亮手里，飘飘荡荡，于是，我们只能通过他的目光，看到了更多的人，以及葛亮所认为的更重要的时刻。

这涉及葛亮的第二个困境。因为要写更多的人，不可能工笔细描，只能选择一二，画出其神采。写日常生活是一种，比如，"勇晴雯病补雀金裘"，是晴雯大放异彩的一刻，但说到底，也是极家常极生活化的一刻。《红楼梦》还是在日常生活的底子里让人物"活"起来。另外一种路数是，写生活里奇迹发生的时刻。这是葛亮的选择。比如，小说写到了石玉璞府里的一个小妾小湘琴，与徐汉臣相恋。事情暴露之后，小湘琴被石玉璞打死在房间里。这大概是葛亮所认为的不同凡响又特别能象征那个时代的一刻：鲜血与情欲混合着，在空气里，蒸腾出传奇的味道。我们是如此盼望奇迹，因为，只有奇迹才能将我们从乏味的生活中拯救出来。同样的，我们往往将对当下生活的不满意投射到另外一个时代，认为那个时代充满了种种变数，种种不可能，种种"神启时刻"。《北鸢》满足了我们对另外一种生活的想象——这也是葛亮的写作策略，在写作一群人的时候，着力写令人难忘的一刻，写人冲破自身的牢笼化为神的那一片刻。不妨试举一例。

石玉璞的死亡彻底击溃了昭德。在死亡线上挣扎之后，她苏醒过来，精神却已失常。对于精神失常这件事，葛亮并无太多解释。何以一个刚强的女子，在军阀时代看惯了生死，却精神一溃至此。不管有怎样的疑惑，作为读者，我们须得遵守与作者的契约，相信他所述为真。我们只得相信，昭德返回到了她的童年，困在各种创伤之间。然而，这些却只是伏笔。惊心动魄的一幕发生在日军攻占襄城之后，卢家人举家逃难途中。当土匪将卢家人围住，暴行在肆无忌惮地发生，眼看所有人都陷入危险境地之时，奇迹发生了。一个老妇人，瞬间从疯癫变成装疯以谋划大事的状态，其心智水平确实相差甚巨。她不仅有谋，还有勇，居然胁迫土匪头子不得动弹，还从土匪身上摘了一只手雷。结果是，她成功地解救了卢家人，自己与众土匪同归于尽。一个羸弱的老妇人，不仅瞬间恢复心智，还做成了有武功的汉子所做不到的事情。只能解释为"如有天助"。此时的昭德，已经不再是疯癫的昭德，甚至也不是昔日的昭德，成了一位"神"。

神迹遍地，固然能让人兴奋，能让人拼命抑制惊呼的愿望，目不转睛地注视着已经发生和尚未发生的一切。然而，神的降临意味着人的退场，属于人的欲望、脆弱、过错等等都消失不见。这不免让人疑惑，这真的是出现在我们历史上离我们并不遥远的一个时代吗，还是只是我们一厢情愿的想象？至此，葛亮对一个年代的想象，在人情和事理上，已然有些摇晃不稳了。

二

或许是因为要写的人物太多，除了主人公文笙和仁桢以外，其他人不免都是一鳞半爪，描绘的都是他们生命中最为华美的片刻。只有一个例外。那就是青衣言秋凰。她的故事，包括她的来路和去处，被全须全尾地记述下来，成为包裹在《北鸢》之中的"戏中戏"。葛亮本人也十分珍视这个故事。在自序里，他特地说："我便写了一个真正唱大戏的人，与这家族中的牵连。繁花盛景，姹紫嫣红，赏心乐事谁家院。倏忽间，她便唱完了，虽只唱了个囫囵。谢幕之时，也正是这时代落幕之日。"可见，他是把言秋凰当作那个时代的象征来写的。那么，言秋凰究竟有着怎样的故事呢？

倘若一定要用一句话来概括，那么，这就是一个名伶与日本人的故事。最初，言秋凰对日本人，是暗地里不合作的态度。得知日本人和田要来听戏，言秋凰听从仁桢父亲的建议，饮下泡入了雪茄末的茶水，暂时变成哑巴，不能唱戏。这颇有几分梅兰芳蓄须明志的意思。紧接着，事有凑巧，听戏的和田逮捕了冯家的二小姐，言秋凰日后得知那正是她的女儿仁珏，仁珏在日军看守所吞针自杀。言秋凰同和田之间，除了国恨之外，也有家仇。再后来，阿凤代表的地下党组织表示"我们的确需要一个懂戏的人"。他们密谋了一个计划，言秋凰正是这个计划的核心执行人。在这个计划里，需要言秋凰与和田虚与委蛇，寻找机会除掉和田并找到一份秘密名单。她们说服言秋凰，凭借的是仁珏的遗物玉麒麟。当然，结局可想而知，言秋凰设了一个局，与和田同归于尽。

名伶抗日，确实是反复被讲述的传奇。这大概是因为，戏曲本身是极具文化性格的传统艺术形式，更遑论在特定历史时期包含了名士、美人、艺术与国族等种种复杂而微妙的关系。讲述故事的人都试图往故事里添加进去自己的理解，形成具有层层裂痕的故事。比如，在陈凯歌的电影《霸王别姬》中，张国荣饰演的程蝶衣痴迷唱戏，同时也是为了救段小楼，去给日本人唱堂会，在他看来，京剧或者艺术是无国界的。甚至，在他心目中，艺术是可以超越国族的。所以，在法庭上，他凄声喊出了："要是青木活着，京戏就传到日本国去了。"他用生命实践了"不疯魔不成活"的谶语。我猜，葛亮在塑造言秋凰这个人物形象的时候可能也想到了程蝶衣，所以特意安排言秋凰有这样一番夫子自道：（唱戏的时候）"当成自己自然不行，入不了戏。可也不能全当成了戏中的人。唱一出，便是戏里一世人的苦。唱上十出，便要疯魔了。"这仿佛是言秋凰在另外一个平行世界对程蝶衣的回答，也显出了言秋凰与程蝶衣全然不同的性格与命运。

那么，葛亮是如何想象言秋凰这样一个名伶呢？当然，葛亮极力写她在舞台上的光彩照人与日常生活中的世事洞微。她的艺术之高超到什么程度呢？作为京城数一数二的青衣，言秋凰在与师父的擂台赛上竟然"换新天"。这便是烘云托月的写法了。及至和田出现——这应该也是青木式的人物吧，热爱中国文化，尤爱京戏，两个人立刻进入到紧张的关系之中。但是，在对言秋凰作了这么一番精心的点染之后，葛亮竟然放弃了让艺术参与到两人关系中来。也就是说，言秋凰与和田因为"戏"缠绕在一起，"戏"却未对二人的精神世界辐射出能量。言秋凰与其说是作为"名伶"的形象出现，不如说，是作为一个母亲的形象出现的。她的性格与行为逻辑，只有在母亲这一身份中才能得到理解。戏曲，成了装饰言秋凰的一堆亮晶晶的头面。

这是葛亮对于"名伶抗日"这一"故"事的改写。由此可以看出，葛亮更加重视情感结构在叙事中的位置。可以作为佐证的是，言秋凰的女儿仁珏，因为支持革命，被日军逮捕。而仁珏支持革命，却是出于对范逸美的感情。小说中有这么一段话，"到头来，'国'是男人的事，'家'是女人的事，没人改变得了。可如今，这一代人却合并成了'家国'"。从这个意义上说，葛亮改变了"家"与"国"的位置——不是"覆巢之下岂有完卵"，而是"家"在"国"先。

这样一种拆解，大有深意。众所周知，"家国天下"构成了传统中国社会的意义框架。孟子说："天下之本在国，国之本在家，家之本在身。"家、国、天下之间有着不言自明的等级秩序，即，"身"从属于"家"，"家"从属于"国"，"国"从属于"天下"。葛亮所向往的那个年代的知识分子，做的很重要的一件事，就是将"家"从"家国天下"的格局中拆卸出来，认为家族是封建专制主义的牢笼，从而将"自我"解放出来，直接服务于建设一个现代民族国家。想想巴金的《家》《春》《秋》三部曲，莫不如此。葛亮恰恰反其道而行之，将"家""家族"重新镶嵌回"自我"-"国家"的秩序链条中，认为个人只有重新回到家族关系之中，才能直接应对民族国家之事，这固然重新赋予了政治生活以伦理意味，但某种程度上也改写了一个时代的精神。如果真的有所谓的"黄金时代"，那么，那个时代最有魅力的地方正在于，在民族国家危亡的时刻，知识分子强烈地感受到了个人之于国家的责任。他们放弃了个人的一己之私，冲破家族的桎梏，以期建立一个美丽的新世界。此间种种，无论是观念还是行为，都十分动人。一部以大时代下知识分子的心路历程与命运起伏为题材的小说，一部以君子之道为核心价值的小说，支撑小说的，不是知性力量，而是情感结构，不能不令人叹息。葛亮这般处理，或许是因为，在我们的时代，宏大有时候会被视为一种虚伪，他宁可趋小、趋实，从我们所能理解的人情与事理出发，却在描绘一个更为高远的精神世界面前止住了脚步。我们就是这样逐渐失去了我们曾有过的一切。

三

但是，谁也不能否认，《北鸢》是一部有精神追求的小说。它的精神追求又是什么呢？

葛亮在自序中对"北鸢"之由来有一番解释。他说："小说题为《北鸢》，出自曹霑《废艺斋集稿》中《南鹞北鸢考工志》一册。曹公之明达，在深谙'授人以鱼不如授人以渔'之道。字里行间，坐言起行。虽是残本，散佚有时，终得见天日。管窥之下，是久藏的民间真精神。"葛亮确实偏爱"民间"。在一篇叫做《文学》的随笔中，他说："一种新的文学应运而生。新文学的创作者同时成为话语的生产者。在这种话语模式中，伴随着一些神话的诞生，英雄主义不再大行其道，历史重荷亦翩若惊鸿。我们看到了来自民间的价值观渐渐清晰，让我们无以回避。"由此可见，"民间"是葛亮的出发点，也是理解《北鸢》的一把钥匙。作为一个暧昧复杂的概念，葛亮所理解的"民间"指的什么呢？

根据《当代文学关键词》的说法，"民间"是一个多维度、多层次的概念，至少有三个层面的意义：一是作为文化空间的民间。"民间"意味着与国家权力结构相对立，保存了社会生活面貌与下层人民的情绪。二是作为审美风格与创作元素的民间。三是作为一种价值立场的民间。细察葛亮的创作，他的"民间"，刻意与国家权力、政治意识形态保持了一定的距离，是与知识分子或者说"士"的价值立场和精神追求联系在一起的。比如，卢文笙的母系一族，昭德、昭如就是孟夫子的后代。小说浓墨重彩地描写了两姊妹，特别是昭如，对这一身份感的重视。尽管与卢家睦举案齐眉，昭如对于自己嫁作商人妇，心里多多少少有芥蒂。小说中有这样一个细节，昭德突然说起租界里有门亲戚叫孟养辉，无意文章，投身商贾，富甲一方，却不为昭德、昭如姊妹所看重。昭德这般说他："好端端的孟家人，书读不进，官做不成，便去与银钱打交道。"她教育妹妹昭如："卢家睦若不是为了承就家业，如今倒还在享耕读之乐。我们孟家人，可嫁作商人妇，自个儿却得有个诗礼的主心骨。"儒家重诗书、重官仕，而轻商业，由此可见一斑。葛亮将孟子的人格追求作为涵养文笙的精神源头，满怀崇敬之情地描述了昭如在丈夫亡故之后，是如何勉力支撑，甚至替丈夫的女儿办了冥婚，以求了结丈夫的心愿。葛亮慷慨地将美德赋予底层人民。比如,信。与风筝有关的意象在这部小说中总是格外突出。于是,读者记住了卢家睦盘下一个铺子赠送给龙师傅,唯一要求是给儿子文笙在本命前年制上一只虎头风筝。龙师傅为了此约等了九年。此后竟绵延至几代人。此所谓"言而有信"。比如,孝。文笙的朋友凌佐就是个孝子。他在战场中弹受伤,弥留之际还惦记着拜托文笙将老太监的宝贝一起葬了。"他说,人而无信,不知其可。我答应过我娘的,我不能不孝。"凡此种种,不可一一而数。

《北鸢》整部小说,落实在"善好"上,落实在"仁、义、礼、智、信"等古老中国的善行义举上。如果联想起此时烽烟连天的现实,战乱、饥荒无不像猛兽一样追逐着每个人,这番对比更加让人触目惊心。这大概就是葛亮所说的"民间真精神"。在随笔中,葛亮不止一次地表达了对那个年代的倾慕之情。"世故人情,皆有温度。内有渊源,举重若轻。""祖父的时代,人大都纯粹,对人对己皆有责任感。这是时世大幸。投射至家庭的观念,修身齐家治国平天下,是深沉的君子之道。所谓家国,心脉相连。"

现在,我们对葛亮的精神追求看得更清楚了。葛亮显然强烈倾慕于塑造了中国文化之根柢的"旧",因此,他所想象的年代,浑然是古典精神的涵养与呈现。然而,作为"三千年未有之大变局",其意义恰在于它开启了现代性时间。"新"与"旧"剧烈碰撞、纠缠、角力,绵延至今,尚未彻底结束。对于写作者而言,中正端方地书写"旧",完全将"旧"作为时代精神,却对于诞生于同时的"新"选择性视而不见,某种程度上却是对这一时代的遮蔽。在一而再的赞咏中,时代从文字里逃逸了,留下的不过是纸上的镜像,以及写作者本人的文化投射。

当然,人人都有自己格外钟情的时代,艺术家概莫能外。随之而来的问题是,小说这样一种文体,适合用这样清晰明了的方式致敬一个时代或者文化理想吗?

这是什么样的方式呢?不妨让葛亮自己现身说法。在评论毛姆的作品时,葛亮认为,毛姆的声名得益于对世相的精准描摹,然而不止一次在作品中表现出对世相经验些微的背离立场。"其间的真实感,更多来自性格力量的强大,而非复杂的对于社会逻辑的承袭。以由因导果的角度而言,'尊严'的延伸力量,覆盖了所有线性的细节铺垫。"换句话说,葛亮认为,类似"尊严"这样的美德,足以击破小说的因果逻辑链,成为支撑小说的最强大力量,并充分唤起读者的情感认同。但我认为,人们将越来越不愿意接受如此简单的判断。《北鸢》在充分赞许古老中国的传统美德的同时也在简化一切。好的小说,一定是表现出极大的理解力的小说。它需要读者付出巨大的努力,投入自己的经验、情感、知性与智慧,从混沌一团的作品中炼出一点或几点金子。但现在,《北鸢》并不需要做出理解的努力,它的观点,清清楚楚,一目了然。除了赞同或者反对,它没给读者留下太多可供思想驰骋的空间。

或许,葛亮的态度是这一切的根源。他应该听一听美国文学批评家特里林对我们的教导。特里林说:"艺术家和他的文化之间的关系,无论是民族文化还是不同政见者的小团体文化，都是复杂的，甚至具有一定的矛盾性：艺术家必须接受他的文化，同时得到该文化的接受，但同时——事实似乎也是如此——也必须成为该文化的批判者，根据自己的个人洞察力来对这种文化进行纠正，甚至抵制；他的力量似乎生发于这种爱恨矛盾的境况所产生的张力，而我们则必须学会欢迎这种矛盾的情感。"《北鸢》的无力感正在于，它无条件地表达了对小说书写年代文化的赞许之情，甚至没有丝毫的矛盾和犹豫。我理解葛亮对他所爱的一切美德的忠诚，包括了晚辈对长辈的敬仰之心——《北鸢》当然是一部诚恳之作，但是，作为优秀的小说家，葛亮不能从自己的个人情感中跳脱出来，审慎地反思一切，这不免令人遗憾了。

四

在回答记者为什么将文笙与仁桢的故事定格在1947年时，葛亮的说法是："这也是一种美感的考虑。因为以我这样一种小说的笔法，我会觉得在我外公和外婆汇集的一刹那，是他们人生中最美的那一刻。到最后他们经历了很多苦痛，中间有那么多的相濡以沫，但是时代不美了。其实我之前有另外一本书叫《七声》，第一篇叫《琴瑟》，写到他们在这个时代一系列的砥砺，这个错乱的时代已经过去之后，他们又进入到一种尘埃落定的晚年的阶段。那个阶段我才觉得他们的美感又回来了，所以我才会写那么一篇小说。前两天一个朋友问我，那段多么精彩啊，你外公他作为当时最年轻的资本家，经历了公私合营等等历史，肯定身上会有各种各样的事情发生。确实有，但是不美了。我从内心是想把他留在1947年，我觉得这就足够了。"

《北鸢》确实很美。它的美，体现在语言上。葛亮精心雕琢了《北鸢》的语言，似旧实新，力求语言与人物具有一致性。它的美，也体现在人物上。但凡小说着力刻画的正面人物，葛亮都赋予其完美的品性，恰似一翩翩公子，着一白色长衫，丰彩俊逸，不惹尘埃。葛亮对于美的追求，真真到了极致。但是，这也是《北鸢》深层的问题。小说是一种世俗文体，建构它的根基是活泼泼的泥沙俱下的世俗人生。是的，小说家可以带领我们，去体认什么是好，什么是坏。但是，世间的事，并非只有好与坏，真正考验小说家的，是对于好与坏之间的想象力和理解力。倘若一味追求洁净，构成小说这一大厦的基石就会摇晃，那么，小说所描绘的一切就难免虚浮了。

美，有时候竟然是一种束缚。

《上海文化》2017年第5期

拘谨的热望，或混沌的正义

——滕肖澜《心居》

一

滕肖澜的长篇新作《心居》，诚如其题目所示，是关于房子的故事。它或许会让人联想起十几年前风行一时的电视剧《蜗居》。同样是讲述上海市井生活的故事，《蜗居》站在房价快速攀升的风口浪尖，房子不过是都市里的男男女女获得更好生活的入场券。而今，对于经历过这个飞速变化的时代的人们而言，房子已然成为他们的宗教、魔咒与庇护所，或者说，房子甚至成为生活本身。这大约是"心居"的引申之义。

那是怎样的宛如着魔的情景呢？滕肖澜仿佛一个巫师，她挥动双袖，那些为了房子痴狂的人们一一汇聚到她的笔下。他们朝思暮想的是房子，坐在一起谈论的是房子，行动的唯一依据也是房子。设若不是作家的同时代人，我们断然不肯相信这一切竟然是真的。但恰恰是因为和作家一起经历了并仍然经历这魔幻的时光，我们不得不羞惭地承认，当日常生活中习焉不察的一切被文字捕捉并戏剧化地呈现出来的时候，竟是如此可怖。多亏了滕肖澜娓娓道来的语调与了然于心的叙述，她在让我们洞彻到时代凛然的真相的同时依然感到安慰。这不禁让人追问，叙述的魔力从何而来？恐怕，只有深入到小说人物的生活中去，我们才能获得答案。

《心居》覆盖了《蜗居》的生活内容。它们分享着共同的主题，即对超级大都市的"闯入者"而言，如何在房子的"庇护"下生存下来。在《蜗居》中，"闯入者"是海藻；在《心居》中，"闯入者"是冯晓琴和冯茜茜姐妹。冯晓琴的生活似乎有滕肖澜的中篇小说《美丽的日子》的影子。如果说，在《美丽的日子》中，姚虹试图以未婚先孕的骗局入住卫家，那么，到了《心居》中，冯晓琴的日子可以看作是姚虹的继续，只不过，她斗智斗勇的对象不再是婆婆卫老太，而成了大姑子顾清俞。以婚姻作为代价，冯晓琴获得了进入上海人家的"许可"，有了片遮头瓦。虽然这房子远称不上宽敞，还需要忍受四世同堂的逼仄，但毕竟成了她的"堡垒"——她可以以此为据点，让妹妹冯茜茜，弟弟也是私生的儿子冯大年接次进入到上海生活中来。在这一阶段，房子还是以其物质属性即生活必需品的面貌出现的。房子带给人安全感，归属感。正如冯茜茜吐露心事的那样："我别的不求，就是盼着在上海买套房子，不靠别人，单靠自己。房产证上是我的名字，就够了。"这似乎可以代表滕肖澜小说中所有渴望进入上海的外地人的心声。

而对于城市的常驻者而言，房子则意味着一个人活生生的历史。想要了解一个人的出身、家境与阶层，只要进入到一个人的房子中，就能获得所有的答案。小说一开始就介绍了顾士宏所在的小区状况。"20年前造的半老小区，上海第一批商品房，放在当年是挺刮的，但眼下豪宅一茬接一茬，两室一厅都要150平米了。"宛如时下中介的口气，这般程式化的介绍却让人略略窥见了顾家的情景。不消说，在20年前，顾家应该是殷实的。随着城市的飞速发展，这份殷实逐渐被"新贵"超越了。但无论如何，像顾家这样的中产家庭，是这座城市可靠的芯子，也是张爱玲以降的写作者格外青睐的部分。滕肖澜曾经用知情人的口吻这般描述她所理解的上海："如果上海是座不夜城，是个发光体，那么，生活在上海的人们，其实是在光芒中间的，是灯下黑。我们被光芒包裹着。"顾家，大约就属于随着这个城市的变化而不变的那一类人家吧。写他们的生活，就意味着写了"金字塔中间的那一群"，作家的价值观念由此也可见一二。当然，上海以外的读者更好奇的是在世事变迁中改变了阶层的位置，但依然凭借数代以来良好的教养挺直了脊梁的那一小部分人。滕肖澜也带领读者进入他们的房间。在顾士宏的记忆中："施家的老宅被分割成十几户人家，施源一家住在前客堂，阳光最充足，面积也大。"那时候的施家，虽然已经从云端跌落，但尚有几分老式人家的自矜在。经过了这几十年财富来来去去的冲刷，那份"老钱"的优越感已然荡然无存。"施源家是老式里弄房子。晒台上搭房子，前后楼再搭三层阁。他家住底楼亭子间。正对着前客堂,再下去是灶披间(厨房)、晒台。改造过,但还是煤卫共用。房间统共不过三十多平方,隔成两块。他住里面,父母在外面。地方虽小,竟是不乱。物品倒也摆放整齐。空间再逼仄,一只书架也是要的。全套大英百科全书便占了一半地方。早年的钢琴也还在,拿布罩了,上面摆个鱼缸,养一些热带鱼。旁边一樽水晶花瓶,插几束淡紫色康乃馨。居然还有块角落腾出来,放一架踏步机。"从这番巨细无遗的描写中,读者当可领略,施家仍然是清洁自持的人家,但无论如何,掩饰不住清寒的本相。历史徘徊于冷冰冰的砖石之间,于成败得失论英雄。这与滕肖澜不乏温情的讲述,构成了反讽。

对于新城市人而言,哪里还有什么历史呵,一切都可以用房产来兑换,来标价。从这个意义上说,房产已经跃出其物质属性,进入精神领域。它代表了一个人的财富能力,进而象征着一个人的审美、品位,就像小说里叙事者所说的,"房子也是与人相称的,什么人住什么房子"。在小说所描述的食物链顶端的人,毫无疑问就是有资格住进世纪尊邸的顾昕与顾清俞。顾昕通过与官员的女儿联姻,获得了入住豪宅的资格。这境遇其实是与冯晓琴有几分像的,但因为处于食物链的高端,这份卑微就在众人的艳羡中消弭于无形。顾清俞作为跨国公司的高管,自然也有资格。小说好几次具体写到他们房间的面积,240平米的三室两厅与170平米的两室。面积之大倒还在其次,叙事者的慨叹点在于"无用"。房子在超出了使用者所需要的程度之后,就像审美一样,成为"无用之用"。

在《心居》中，不仅大大小小的主要人物陷入了对房子有或无、大或小的魔怔中，就连"跑龙套者"——没有自己的名字，不过是在别人口舌间以"我有一个同事""我有一个朋友"出现的人，都无不被房子所左右。这统统构成了现代都市人的共同焦虑。因为，这十几年的经济生活的变迁深刻说明了，房子还是一个城市冒险之地。小说中时时以嘲弄语气谈论的展翔，其实就是新上海的冒险家。没有文凭，没有出身，也没有经过社会历练的他，单凭无人可及的魄力，就搭上了房价的快通车，坐拥十几套房产，迅速累积了巨大的财富。但是，即使是房子的"受益者"，也未见得获得了更好的生活。在小说中，展翔除了追求顾清俞以外，整日无所事事，并无其他追求，也未能在精神上展现出更为卓越的品质。这不禁让人疑惑，没有房子固然让人焦虑，可是，有了房子，就能获得幸福，获得更美好生活吗？

房子不仅仅是小说人物的追求与焦虑，也构成了小说情节发展的动力，甚至某种程度上形塑了小说的结构。如果不是因为需要购房资格，顾清俞不会需要找人假结婚，也就不会遇到初恋爱人施源；而施源呢，本来可以作为知青子女体面地回到上海，如果不是因为叔叔婶婶不肯接收，在上海没有立足之地，就不会爽约；如果不是因为把买房的钱一股脑儿投入股市，又被腰斩，就不至于在经济上一败涂地；如果不是执念给父母买套房子，让他们得以安享晚年，施源的人生就不至于如过山车般起起伏伏。至于末了，收到了来自叔公的遗产——价值五百多万加币的蒙特利尔西山区的一套别墅，则纯属叙述者的馈赠——

不过为了满足中产阶级关于世家子弟的完美结局的想象罢了。

在与小说人物共同经历了时代的焦虑与恐慌之后，我们大约能对滕肖澜的小说创作有一个粗浅的判断。这些人物，我是说在小说中被创造出来的人物，是如此真实——我们仿佛能真切地感受到他们的呼吸、焦虑与恐惧，我们在深入他们的生活的同时仿佛检视了自己的生活。就好像，一艘小船在惊涛骇浪的大海上颠簸，因为对同行人命运的彻底洞悉，我们略略感到安心。但仍然有些许的不满足。当小说被简化为在房子这一个维度上过分用力时，小说中的人物失去了更为广阔的精神疆域。那份对于房子的热望固然有十足的感染力，但说到底还是狭窄了。所有人物被限制在唯一的向度和可能上，使得这份热望也显得拘谨了。也许你会同我争辩说，这难道不是当下中产阶级的真实面孔么？他们已然失去了丰富的人生，只能在可以看到的房子上投注全部的心力。姑且不论这是不是一种刻板印象，即使现实如此，小说家难道不应该在以现实为材料的同时，让读者稍稍偏离过分现实的轨道么？虚构的意义正在于此。小说迫使我们检视在日常生活中形成的观念，与之辩驳，并在某种程度上说服自己想象其他的可能。这恐怕也是小说这一艺术形式的迷人之处吧。

二

在《心居》中，我们得以认识这个时代的"时代女性"。应该说，每个时代的人们，对于"时代女性"都有不同的想象。在我们这个时代，所谓的"时代女性"，大约就是顾清俞的样子吧？

跨国公司高管，才貌双全，经济独立，自己完全可以负担起自己的生活。这还不算，因为经济上有余力，顾清俞得以好整以暇地照顾家人。在家人遇到危急状况时挺身而出，用金钱解决所有的问题。更重要的是，她可以完全按照自己的心意决定爱情婚姻生活。独身或者进入婚姻，都由她自己说了算。总而言之，顾清俞是强大的，强大到即使从外地到上海的冯晓琴、冯茜茜姐妹对顾清俞难免抱有女性之间的敌意，但也不得不认同她的价值体系。用冯晓琴的话说，就是"阿姐这个人，是蹭蹭往上的。自己知道自己想要什么"。

独立女性，是这个时代对于女性的赋值。看上去，这是女性主义运动到今天结出的硕果，也成为女性对于自己的期许以及唯一的政治正确。事实上，不仅是顾清俞，小说中的男性和女性之间的关系都被建构成了"女强男弱"的模式。然而，独立女性真的如此"独立"吗？

作为小说中的高配版女主人公，顾清俞被叙述者描写得高洁无华。从一出场，她就是低调强悍，靠自己的实力买豪宅的人。顾清俞的"前史"，即她是如何在36岁以前就奋斗至跨国公司高管的？因为与房子关系不大，叙述者选择略过不提。但是，细心的读者是能看出端倪的。小说以顾清俞的视角，隐晦地讲述了她的师傅，同为这一行元老Sindy的奋斗之路。在小说中，成功女性的奋斗之路，被委婉地表述为"刚柔并济""用的是巧劲"，而"美人计"之类，虽出于庸众的想象，但难免令人有于流言中迫近事实之感。虽然顾清俞被叙事者予以撇清——"直来直去了些，魄力倒有些像男人"，但生活何以会为顾清俞开辟出一条新的道路，让她纤尘不染地通过个人奋斗住进世纪尊邸，这是一个问题。在叙述者那里，男人和女人，被当作价值序列上的两极而建构起来。男性，意味着直来直去、光明磊落的，女性则显得近乎逢迎、胜之不武了。这里隐含的意思是，在资本主义生产环节，男人依靠获取生产资料来实现扩大再生产；而女性，则依赖认同传统父系视野下的性别秩序来实现个人价值。这是隐藏在"独立女性"背后真正的核心。顾清俞的"前史"之所以不提，除了上述原因之外，最根本的还是叙述者找不到另外一条不同于Sindy的路径来叙述新的独立女性的故事。

相形之下，另外两个女性的奋斗道路颇能说明问题。冯晓琴嫁给顾磊之后，认为自己完成了个人的奋斗，转而将家庭在社会阶层序列上的上升作为自己的目标。在父权制秩序中，男人承担社会生产的责任，女人承担劳动力再生产的任务。这也是冯晓琴所遵循的。她望夫、望子成龙，期望以自己承担全部家务劳动为代价来督促男人的上进。然而，事与愿违。女性对于阶层上升的野心间接造成家庭悲剧。这是小说的题旨。在顾磊死后，冯晓琴失去了男性作为桥梁，开始与社会短兵相接。看起来，她聪明又能干，不仅开发了养老院作为创业内容，还推动展翔一步步创业，进而成为养老院的老板。但是，请注意，冯晓琴的个人发展道路依然建立在与男性的关系基础之上。没有展翔注资，没有展翔将养老院半送半卖地转让给她，纵使她有再大的神通，恐怕也很难实现阶层上升。而这两个先决条件，对于现代女性而言，不啻为天方夜谭。而冯茜茜的道路则更为直白了。她利用女性的身体，与男性交易，从而获得相应的社会资源来发展"个人事业"。而感情，不过是性交易的遮羞布罢了。

奋斗的过程尚不能细看，在女性格外用心的爱情婚姻中，就越发暴露出"独立"的窘迫了。对于顾清俞而言，在阴差阳错与少年时心仪的男子结婚之后，她并不能像别人，也像她自己想象的那样过上幸福的生活。原因无他。既有的性别观念束缚了所有人，使得女强男弱的婚姻不被看好。这段婚姻一开始，顾清俞就被闺蜜李安妮告诫说："男人和女人，不一样的。男人比女人强，一点问题也没有。倒过来就比较麻烦。"无论他们过去有着怎样的深情与牵挂，都敌不过这一传统观念的"诅咒"。任是多么强悍的"独立女性"，依然对这一传统观念缴械投降。冯晓琴和冯茜茜就更不用提了。冯晓琴自始至终希望获得展翔的感情，但她是否能辨认出，这究竟是出自她的感情，还是房子所赋予的魔力呢？然而，就连这点可怜的希冀也屡遭失败。虽然小说结尾似乎有了些许亮光，但有经验的读者相信这不过是叙述者美好的善意。冯茜茜则在交换过程中血本无归，直接被上海这座城市放逐。

这是《心居》不期然展现出来的女性生存图景。"独立女性"如同桂冠，诱惑着都市女性与之认同。然而，社会性别结构与性别观念是如此坚不可摧，女性被固定在既有的价值秩序中，无法动弹。能指与所指的错位以一种极其荒谬的形态表现出来。当叙述者如实地叙述这一切的时候,话语不期然形成了一条隧道,指引我们朝着更高的"真实"而去。

三

《心居》始于一场家宴。将宴会作为小说的主要材料,是自简·奥斯汀以来的文学传统。在一场接一场的盛宴中,人们以比日常生活更美好与得体的姿势与形容出现,在吃饭、闲聊、舞会中将人与人关系的褶皱打开。构成《心居》的是一场接一场的家庭聚会。仿佛没有什么能阻止顾家人聚在一起,因此,《心居》也可成为我们探究家庭关系的样本。这让人想起了孙惠芬的中篇小说《致无尽关系》。如果说,《致无尽关系》定格于农业时代对于中国大家庭关系的分析,那么,到了都市时代,中国式的家庭关系又发生了怎样的变化呢?大家庭将散未散的时刻,是《心居》所抓住的既富有戏剧性,又熨帖暖人的时刻。

一方面,家庭关系是社会交往的重要组成部分。被单一的欲望所鼓噪的都市人迫切需要家庭作为情感纽带,以建立与他人的深刻联系,承载无法摆脱的孤独。于是,我们看到,每周六雷打不动的聚餐满足了现代都市人关于亲情的向往。叙述者将家宴描述得十分家常而自在——"自家人的聚餐,不比在外头。菜量大,酒喝得再多也不心疼。实惠。坐姿随意。吃饱了就站起来,看看电视,活动活动,一会儿倘若有称意的点心上来,再入座吃。"看上去,每个人都需要这样一个随意而自在的场合，言不达意地聊天，随心所欲地释放情绪。在这一诉求的推动下，顾家人将房子都搬到了相距不远处。这既是小说结构的需要，也是人们情感的需要。

另一方面，像顾家这样的大家庭，是由许多核心小家庭构成的。对于日渐松散的亲缘关系而言，核心小家庭的利益往往超越了大家庭。当两者发生冲突的时候，就会对人构成严峻考验。《心居》所描绘的正是这样一种情形。事实上，顾家三兄妹矛盾的焦点，仍然是房子。作为知青的老大顾士海返回上海时，故乡已成他乡，一家人穷困潦倒，大都市里并无落脚之地。正当此时，是妹妹顾士莲将房子让给了他。这一刻，是亲人之间血浓于水的情感战胜了金钱，获得了一席之地。这无疑是小说的高光时刻，是该叫人鼓掌欢呼的。但是，滕肖澜敏锐地洞察到了事实一种，即所有叫人感动的感情都须放在一个长时间段里被衡量。果然，待到顾士莲境遇不复以往，亟待从亲人那里获取更多的支持时，她意外地遭遇到了沉默。

这是都市化生活对于人际关系的深刻侵蚀。人们原先所设想的儒家伦理之下的父慈子孝、兄友弟恭在经济关系下遭遇了前所未有的压力。对于在穷困境遇中煎熬的人来说，即使面对的是最亲的亲人，也不肯倾尽全力回报之前所受的恩惠，反而将之视为急于摆脱的负担。人与人关系淡漠至此，与小说中反复出现其乐融融的家庭聚餐局面构成反讽。这也是滕肖澜在小说中一以贯之的价值观念——她认为富足的经济状况是人表达善意的根本性条件，所谓"仓廪实而知礼节"。这一理念当然可以在现实生活中寻找到许多有力的证据。然而，是否可以将之当作真理深信不疑并推而广之呢？这恐怕就值得怀疑了。好的小说家大概是像狐狸的，就像伯林说的："他们的思想或零散或漫射，在许多层次上运动，捕捉百种千般经验与对象的实相和本质，而未有意或无意把这些实相与本质融入或排斥于某个始终不变、无所不包，有时自相矛盾又不完全、有时则狂热的一元内在识见。"出于善意，叙述者让关系一度恶化的顾家兄妹在老母亲死后握手言和。但我们知道，感情的神圣性已经被摧毁了，有些事情已经完全不一样了。

　　金钱摧毁的不只是本来就松散的亲情，还改变固有的伦理秩序，不断冲击着人们对于善与恶的认识。这一点深刻反映在小说中的人物对于冯晓琴的评价中。展翔与顾清俞就冯晓琴是不是一个"好女人"的辩论就事关今天人们对于善的认识。在顾清俞看来，冯晓琴做过传销，与别的男人不清不楚，还有一个私生子，完全算不得"好女人"。顾清俞对人的评价层面聚焦在私德上。但是，展翔并不这么看，他斩钉截铁认为冯晓琴是好女人："比我们想象的还要好。"理由是，在养老院着火的那一晚上，冯晓琴奋不顾身救了两个老人。显然，这个"好"指的是社会正义层面。叙述者应该也是赞同展翔的吧，所以才有了后面冯晓琴接手养老院之后不顾个人利益收留老黄的情节。换句话说，这是都市社会关系中民间对于伦理的裁量。人们过去所关注的个人品德如今被限定在私人生活领域，是可以忽略不计的。个人在与他人的深度联结中扮演利己还是利他的角色则成为新的伦理法则关注的要点。某种意义上，这是城市生活对于人的个性的更大包容，也是新的伦理关系的胜利。然而，问题在于，旧的正在被摧毁，新的又尚未建立起来，伦理地标的无定向位移往往会造成人们新的困惑。比如，冯晓琴就有一段自言自语——"阿婆，有时候我也挺糊涂，好和坏的界限到底在哪里，你可不可以告诉我，哪些事情可以稍微做一做，哪些事情完全不能碰。比如我觉得，手和脸给史老板摸两下，有什么要紧的，屁股蛋偶尔摸一下，也没啥，但别的地方就不可以，性质不一样了。还有说谎，要是为了让这个家好，那就不叫说谎。"困惑的恐怕不止冯晓琴，所有被金钱的欲望所禁锢的人们，大约都有这样的困惑吧。然而，越是这样，叙述者越是要划定清晰的界限，比如，越过界限的冯茜茜，就被叙述者毫不留情地从上海，也从文本中清理了出去。但这远远不是结束。善或恶的边界依然是模糊的。在新的伦理秩序建立起来之前，我们每个人都要备受冯晓琴式的折磨，而我们的行为本身，也在促进或者阻碍这一切。

四

讨论滕肖澜的小说是一件困难的事情。你尽可以轻易得出一个结论，但是要让这一结论禁得住不同读者的反复验证，则不太容易。文学批评者应该倾向于让文本更加复杂，而不是趋向简单。在这一点上，小说家和批评者其实是同路人。现在，请允许我冒着简单化的风险，对滕肖澜作一简要归纳：

第一，滕肖澜是那种和她小说中的人物，同时也是她的理想读者紧紧贴在一起的小说家。她不高于他们，也不低于。

189

他们在同一价值维度上认识世界，理解世界。她并不指望贡献新的认识世界的方式，这不是她的任务。她心平气和地叙述。呈现"我们的"世界是她写作的乐趣所在。从这个意义上说，她不是那一类孤绝的小说家。她身在人群之中，她的读者如在目前。这令她的所有讲述都指向明确的对象，并有了底气。也就是说，不同于当代小说家，她的小说建构在集体经验的基础上。这也是滕肖澜小说魅力的来源。毕竟，在这个众声喧哗的时代，确信自己被听见，已是难得。

第二，她肯定了我们的生活中轻薄、世俗与过度的一面。对于已然绵延了几百年的小说史而言，她似乎完全忽略了现代小说在技艺上取得的成就，纯以精巧的故事吸引读者，貌似是已经过时了。但我们可以想见，这类创作仍然有无尽的生命力与未来，因为她仍然属于我们传统的一部分，那种讲故事的人的传统。

第三，谈论滕肖澜的小说，倘若离开了时代的风气与氛围，倘若不是作为一个社会的注脚、一座城市的旁白，不能说毫无意义，至少也是隔靴搔痒的吧。从这个意义上说，如何理解滕肖澜小说，取决于我们如何理解这个时代。"只在此山中，云深不知处。"作为同时代的读者，这当然是我们的优势所在，但谁又能说，这又不是更深刻理解的局限呢。

《收获·长篇专号 2019 冬卷》
长江文艺出版社 2019 年 12 月

重新想象世界格局与区域地图

——闻人悦阅《琥珀》

初初踏入《琥珀》这一庞大世界的读者大约都会感到迷惑：该在怎样的文学谱系里定位这部小说？尽管《琥珀》也将人物塑造作为自己的任务，但无论如何，它与传统小说有着迥异的面容：日常生活成为影影绰绰的布景，而通常为传统小说避而不提的历史占据了小说的前台；在《琥珀》身上，也许能看到网络小说的影子，那种堪堪踏入历史，旋即置身于波诡云谲的历史之中，与历史上重要人物一一交手的情节，与网络小说或许有异曲同工之趣，但是，《琥珀》在给予读者阅读的快乐之外，有更深远的追求；《琥珀》也不尽然是间谍小说，尽管主人公的身份，按照一种刻板印象，似乎可以看作是间谍，但她思想、情感与行动却大大越过这一界限，并非单一类型可以容纳。这恰恰是《琥珀》的迷人之处——它不固守单一的美学—政治视野,相反,却站在了无数同心圆的中央,这使得它身负多重力量的张力,从而具有了超越性的可能。"超越"无疑是人人向往的,然而,问题在于,"超越"何以可能?

一

小说以2008年杜亓的葬礼作为开篇,这意味着一个传奇人物的最终退场,某种意义上也意味着二十世纪的终结。事实上,1914年出生的杜亓,适逢第一次世界大战爆发,恰好一脚踏进了二十世纪的开端,这也与英国历史学家霍布斯鲍姆所界定的"短二十世纪"暗暗相合。霍布斯鲍姆在《极端的年代》开始,摘引了十二位文艺和学术界人士对二十世纪的看法,其中,英国作家戈尔丁所说的"这真是人类史上最血腥动荡的一个世纪",是完全可以概括杜亓的一生。因此,《琥珀》探讨的是历史,特别是动荡的大历史是如何塑造人,并进一步决定人的命运。

有意思的是,闻人悦阅在讲述这一段历史的时候,并不是理所当然地将中国作为历史的中心,而是超出中国范围,从唐努乌梁海、库伦、恰克图等地域,从甘肃、新疆等"边地"的矛盾、冲突和危机为中心,探索这一时段的事件与政治。这固然与当下历史学研究的区域转向不无关系,也与"短二十世纪"中所发生的激烈的民族国家的冲突有关。二十世纪初期,一方面,现代民族主义在许多落后国家扎下根来,民族独立运动风起云涌;另一方面,随着全球化进程的加速,世界的冲突正在加剧，两次世界大战之后，世界进入冷战格局，一个多文明的世界正在形成。在这一过程中，不同区域正在扮演重要角色。同时，这还意味着，作为读者的我们，将要暂停自己的历史时间，放弃中原中心的惯性思维，进入到莫小娴的时间和空间中。

这里有必要稍微讨论一下杜亓，也就是莫小娴的身世。虽然莫小娴自小在草原上长大，但是她与中原地区有扯不断的关联。莫小娴的父亲因为科举制度被废除，于是离开家乡跟人学做生意，于是来到了关外。这是一个我们耳熟能详的被历史大势改变了的个人故事。但是，科举制度被漫不经心地提及，提醒了读者意识到儒家文明对于一个人的浸润，而这种浸润是可以通过文化传递的方式深深植入一个人的基因。这是我们理解莫小娴这一人物的基础。莫小娴的母系姓苏，已经在关外住了两代，但依然有汉地情结。值得注意的是，苏家的血脉里有蒙古的血液，这是小说略略提过但语焉不详的部分。我们只能通过莫小娴的限制性视角大概知道，莫小娴的外祖母是蒙古人，因为蒙汉通婚的缘故与家庭决裂。在一个血缘决定立场的时代，闻人悦阅如此设计莫小娴的出身，不是空穴来风。多重血缘，决定了莫小娴可以以灵活的姿态处理身份认同问题。正如她母亲在临终时叮嘱她的："你父亲只想你把自己当成是汉人，所以从小教你不能忘记自己的根本，你要想一想，你的血液里也流着蒙古人的血。即便你外祖母不是蒙古人，你是在这里长大的，也就把这里当故乡好了，这样做是不违背做人的常情的。""别人怎么看你，不打紧，你自己别把自己看死了，非要把自己是什么人说个清楚——那没有意思——按做人的道理做人罢了。"这里谈的，终究还是个认同的问题。莫小娴的父辈受儒家文明影响至深，以此要求自己，也以此塑造莫小娴。但是，莫小娴的母亲已然洞察，自我并不是一个单一的建构，比如汉人等，而是在不断变化的，甚至彼此互相冲突的网络中建构的。诚然，随着民族国家的世界体系的形成，民族国家被看成是主权的唯一合法的表达形式，但是，对于个人而言，民族国家认同只是身份认同中的一个维度。这是理解莫小娴的一把关键钥匙。

处于大历史中的个人，往往看不清历史发展的方向，并将发生在自己身上的许多故事视为偶然。比如，莫小娴以为自己是在远赴哈密的途中为了谋个差事才认识了俄国人康斯坦丁诺夫，但是，直到故事快要终了，读者才知道莫小娴注定要踏上这条道路。事实上，她一开始就在康斯坦丁诺夫的招募计划中。这一招募基于三点：第一，她的父亲和舅舅作为最早的布尔什维克主义者，是康斯坦丁诺夫的同事，也无意中创造了康斯坦丁诺夫认识莫小娴的机会。第二，莫小娴展现出来的惊人天赋让康斯坦丁诺夫认识到了她的价值，认为她可以为其所用。第三，莫小娴的外蒙王公血统在外蒙的政治局势中有可能发挥一定的作用。所以，无论莫小娴是去哈密，还是天津，她一定会在路上被康斯坦丁诺夫的人截住，在懵懂中走上命定的道路。

非但在个人的整体性命运上，个人身不由己，即使是在最"私人化"的情感领域，个人恐怕也并无太多空间。有学者研究指出:"情绪话语不仅是内心情绪的表达与表现,同时也参与了社会秩序(再)定义和自我与社会形式(再)生产的发声实践。关于情绪的言说从来都不是在纯粹、简单地谈论情绪,而总是涉及某些其他的东西,如身份、道德、性别、权威、权力和群体。"事实上,《琥珀》中浓墨重彩渲染的莫小娴与马仲英的爱情,固然有少年男女两情相悦的成分在,但究其实质,还是历史拨弄的结果。康斯坦丁诺夫刻意带着莫小娴见了马仲英,并在两者关系中悄悄推波助澜。这一切并不被二人所察觉,相反,他们认为,二人的相恋完全是一见钟情的结果。在康斯坦丁诺夫的预想中,莫马之恋也确实为苏联在新疆的布局提供了助益。当莫小娴敏锐地洞察到马仲英身陷各种政治势力争夺的泥沼之中,加之与马仲英感情的烦恼,便毅然决然要离开马仲英,期望对他有所助益时,康斯坦丁诺夫毫无悬念地进入她的视野。确实,对于孤身一人、没有任何可以倚仗的孤女莫小娴而言,按照康斯坦丁诺夫的规划,进入苏联情报机关,是她唯一的出路。个人是历史的一枚棋子,被置放于不同位置,以待时机。这是《琥珀》潜在的主题。

在历史的紧要关头,莫马之恋再次发挥了作用。对于马仲英为何要赴苏并下落不明,人们有很多猜测。有人从历史大势进行分析,认为由于新疆利益对于苏联十分重要,而盛世才在苏方的支持下取得了新疆的统治权,但苏方又不能让盛世才过分强大,使其影响到自己在新疆的既得利益。在盛马之间,苏方需要维持一种平衡,借以制约盛世才。而马仲英就是保持平衡的那一颗棋子。马仲英本人的主体性也不能不纳入考量范围。在共产党员和进步人士的影响下,他的思想也发生了转变。他对于保存三十六军实力的强烈愿望,也促使他赴苏联学习。这些分析都有一定的道理,但就解释力而言还不够强悍。对于马仲英来说,新疆本来唾手可得。但由于苏联的出手,盛世才控制了部分局面。那么,马仲英何以能接受苏联的建议,赴苏联学习呢?《琥珀》正是在时势与思想之外,想象了一种情感的可能。小说写道,康斯坦丁诺夫利用了莫小娴和马仲英的感情,促使莫小娴拿出信物,在情感上说服了马仲英。对于今天的读者,历史已然湮没在时间的尘埃中,今天我们只能推测、想象各种因由。这恰恰是小说最有魅力的地方。历史既然是由人造就的,必然会具有人的温度、性格和情感。小说家想象情感撬动了某一事情的进程,也赋予了历史以人的表情。我们经由此想象历史,也获得了对于过去时代的人和事的同情。

当然,历史固然决定了个人,这并不意味着人在历史中就无可作为。特别是那些有天赋的人,足以在某些关节点上左右历史的发展方向。《琥珀》正是想象了一个在历史上并未留下名字的人,如何参与了现代世界的塑造。所谓参与,并不是以一己之力挽狂澜之既倒,统而言之,在于"顺势而为"。莫小娴接受了母亲告诫的"顺势而为"的人生哲学。这个"势",其实就是"时势",即时间与空间的结合体。"时势不但综合了时间和空间,而且将其解释为一种不同力量之间角逐的、持续变动的进程,一切都是能动的,但一切的命运又都在时势内部。"在马仲英事情上,莫小娴意识到了自己的无能为力,不复当年改变世界的豪情和勇气,终于认识到,纵使有天赋加持，在庞大的历史面前。个人不过是一枚棋子。但是，棋子也有棋子的用途。"这种干预别人命运的刺激，尝试过后就会上瘾，在不动声色中改写他人的人生，好比去拨动琴弦，做出微妙调整，不懂音律的人甚至听不出那音调的区别，然而音色已确实暗自改变；当然也可以偷偷替换棋局上的棋子，那虽然要危险得多，可是人们大多愿意听自己想听的，看自己想看的，一厢情愿认定棋局在自己掌握之下，虚荣心得到满足，愿意半推半就继续将棋局进行下去。"应该说，莫小娴后半生所致力的种种，无不是利用时势重新塑造世界的基本面貌。包括她所建立的金融帝国，也是因为她相信经济上的合作能让不同的人走到一起来，是化解干戈的催化剂，是不同阵营之间的缓冲，是在世界经济复苏的背景下因势利导的结果。

二

作为一个有特殊才能的人，杜亓的确没有辜负上天赋予她的一切。她在一些可能影响政治决策的人之间周旋，因而在各种国族政治的博弈中游刃有余，甚至在她暗中努力下，故国的大门终于朝世界打开。所以，出席她葬礼的，都是政治、金融和社交领域的头面人物，某种意义上也是对她一生所能达成的成就的肯定与致意。在网络小说中，这样的人生往往被称为开了挂的人生，即主角自带光环，在每一件事情上顺风顺水，总能达成自己想要的结果，主角因而一步步迈上人生巅峰。但是，杜亓却并不给人如此感觉。这大约是因为，杜亓身上一直背负着因牺牲而来的伤痛。

莫小娴因为亲眼目睹了康斯坦丁诺夫以利益招诱马仲英未果,也因为见证了父辈为了理想付出了生命的代价,洞穿了所谓理想主义的虚妄。她发现,许多赤裸裸的利益往往包裹上了理想主义的釉彩,诱惑人为了飞蛾扑火,付出生命。因此,对一切以"理想"之名的言辞,莫小娴都本能地持以谨慎的怀疑。

当莫小娴在莫斯科完成训练之后,她与康斯坦丁诺夫有一段争论。当她追问康斯坦丁诺夫做的一切为的是什么的时候,康斯坦丁诺夫显然感到了被冒犯。他回答莫小娴说:"我不为名,也不为利,一个人要有信仰,我是有信仰的人。"那么,康斯坦丁诺夫的信仰究竟是什么呢?美国学者祖博克在《失败的帝国》一书中曾经提出过理解苏联的一种范式,即"革命与帝国"。显然,在康斯坦丁诺夫身上,恰恰深刻体现了"革命与帝国"的内在矛盾与冲突。一方面,他具有革命的信仰,即不仅在国内建成社会主义,同时也要推进世界革命。他必须将对革命的信仰播撒到像莫小娴、马仲英这样具有潜在的社会主义革命能量的种子中间。另一方面,苏联的本质是帝国,因而也具有地缘政治扩张的诉求。从这个意义上说,康斯坦丁诺夫的信仰也具有二元性。他将苏联的国家利益放在首位——"为了我们国家的利益,我们自然都需要前仆后继,而且一切最终为的是我们心中更高的目标,任何人的生死都不足惜。"换句话说,康斯坦丁诺夫相信个人之上的更高目标,而个人不过是实现这一目标的燃料。事实上,类似的话语在莫小娴所遭遇的不同革命者那里以不同的方式表达过。何年就说过："一时略有些牺牲是难免的，历史不会因为几个人的幸福就要转变方向。"牺牲与革命从来都如影随形，这是因为革命所内含的暴力性质必然导致流血牺牲。康斯坦丁诺夫的个人命运也证实了这一点。

对于牺牲的无远弗届的要求必然会导向极权主义。所以，苏联的大清洗运动，是小说里写得特别压抑又特别有力量的部分。在大清洗过程中，人人都可能成为革命的牺牲者，即使最坚定的信仰者，如康斯坦丁诺夫也概莫能外，更何况与苏联利益并不一致的马仲英和莫小娴。莫小娴始终相信，人，或者说生命应该位于一切考量的最高级。然而，这一点相信却并不能让她幸免于难，就像康斯坦丁诺夫所说的："如果你愿意那样相信，也没什么不可以。但是你要知道，很多事情到最后，不是我们可以控制的。"这番话几乎预言了莫小娴的命运。她被卷入轰轰烈烈的世界革命的浪潮中，虽然勉力保全了自己，却遭遇了无数的牺牲。首先是马仲英，在苏联大清洗中，马仲英下落不明，莫小娴使出浑身解数，甚至以传说中的琥珀屋为饵，也无法令苏联政府与她交换马仲英。由此，她确认，她彻底失去了马仲英。然后，苏联政府为了给她一个教训，令她失去了她与马仲英的孩子。战后，莫小娴与杜以诚移居香港，因为与历史扯不断的关联，杜以诚也最终命丧俄国人之手。牺牲并没有到此结束，名单还在持续扩大，甚至绵延到时间深处。莫小娴的孙女，因为支离破碎的档案中的琥珀屋，被绑架杀害。这也造成了莫小娴与家人至死无法和解的隔阂。接踵而至的牺牲让莫小娴再次成为孤绝的个人,确如康斯坦丁诺夫所说,即使莫小娴有惊人的天赋,掌握了不同的对话渠道,却依然无法改变这一点。说到底,莫小娴成为了历史的牺牲者。

考察莫小娴的思想状况,她并不完全囿于现代以来以血统作为民族国家划分的依据,也不将出生地作为民族国家身份认同的依据。从小在汉文化中耳濡目染,使她对中华文明,进而对中华民族具有强烈的认同感。她与康斯坦丁诺夫始终格格不入,正在于民族国家认同的差异所造成的身份区隔。但这绝不意味着她仅仅站在民族国家的一端。在另一个层面上,莫小娴仍然是个人主义者。个人选择的自由为她所珍视。莫小娴的故事体现了近现代历史上的一个深刻悖论,即,民族独立运动往往是以个人意识的觉醒作为基础,自我被创造出来,作为历史的实体。但是,在认同现代民族国家过程中,自我却被原子化,成为孤绝的个人。

三

《琥珀》的另一个潜在主题,是关于差异与区隔,以及打破差异与区隔的努力。小说将战乱频仍归因于人与人之间的差异,以及缺乏有效沟通。小说特地借传教士伍德之口重述了《圣经》里的通天塔的故事——"人类原先说同样的语言,居住在一起,那个地方离幼发拉底河不远,叫作示拿。人们在那儿一起建造自己的城池,同时决定建造一座能够通往天堂的高塔。上帝来了,觉得如果人类这样团结,一旦建成高塔,将无所不能为，于是决定分离人们的口音和语言，从此人们便失去同一种语言，开始列国分邦，无法交流，便产生了冲突。"这意味着，个人与他人是隔绝的，无法与他人沟通。由此，我们发现，这个人们耳熟能详的故事并非作者偶尔为之，而是在小说中投下了长长的影子，并左右了小说的发展。希里斯·米勒在《共同体的焚毁》一书中引用了德里达的一段话："在我的世界——这个'我的世界'，即我所谓的'我的世界'，对我而言没有其他的世界，每一个其他的世界都组成了我的世界的一部分——在我的世界与每一个其他世界之间，最初存在着大为不同的空间和时间，存在着中断，而且这个中断无法由任何试图建立通道的努力所弥合，桥梁、地峡、交流、翻译、转义或迁移都行不通。然而，以下这种情形，即渴望一个世界，却又厌恶已有世界，处于对这个世界的厌恶之中，这种情形将会使人们一再重复上述试图建立通道的努力，对此提出建议、施加影响并将这些努力常规化。"简而言之，闻人悦阅相信，因为语言不同，人们秉持着各自的观念，并以为自己信奉的才是真理。这是人们之间冲突和战争的根本性原因。因此，是否能够沟通、包容差异，被认为是消弭争端的重要力量。在小说中，马仲英、莫小娴的绝大部分光彩，也正来自他们"试图建立通道的努力"。

马仲英被塑造成具有极强包容力的形象，充分展现了历史未曾来得及展开的一种可能。透过莫小娴的眼睛，我们看到，马仲英的部队里充满了各种各样不同乃至对立的人群。正如马仲杰所说的那样："此刻到酒泉来找他们，愿意留下来共事的有文人、政客、青年学生、知识分子、党派人士，甚至外国人，简直无所不包。""现在全中国哪一个地方，可以让这么多持不同意见的人共存共生在一个屋檐下面？"持不同意见的人或许是"共存共生"了，但这并不意味其中观念上的隔阂就此消除了。莫小娴看到，在共产党员张雅韶发表革命主张的时候，年轻人露出了憧憬式的光芒，而老年人却颇有保留。这是年轻人与老年人的差异。马仲英试图弥合这些差异与对立。其中最重要的就是民族之间的差异。马仲英对莫小娴讲了这样一番话，完全可以视为他的心意的表达。他说："我们刚开始打仗的时候，往往在抵达一个城镇之前，人们心中的仇恨和恐惧已经被煽动起来了，充满了你是回，我是汉的偏见。我们反对的是国民军进驻甘肃以后不顾民情，横征暴敛，回汉人民全都民不聊生，有目共睹；但他们却四处煽风点火，把矛盾引到民族的问题上去，把充满恐惧的老百姓武装成民团推到前沿来当炮灰。我们也杀了人，但这些厮杀对双方来说都是背离了自己的本意。他们自己呢？往自己心中填满了仇恨，进军河州的时候，借着剿杀之名，往往看见回民村庄，就先用炮轰，河州的八坊也是他们一把火烧光的。如果我可以建立一个国家，不会让这样的成见存在。不杀回，不杀汉，专杀那些唯恐天下不乱的小人。"他还说："我是穆斯林，我心中的国家自然应该是能够包容安拉的国家。兼容并蓄是多么不容易的事，但我相信只要有心，没有什么是不可能的。"他本人也确实无分别心，轻松地跨过了各种民族、宗教、信仰、国别甚至性别的障碍。他自然而然地带莫小娴去清真寺，并为此跟阿訇争辩，争取女子跟男子的同等地位。他的部队里甚至收留了土耳其人、日本人。在他看来，只要大家是为了建立一个开放包容的中国，没有什么差异会成为障碍。然而，莫小娴却意识到，即使是在层层叠叠的掌声之后依然有各种各样不可测的人心。马仲英所收留的日本人，日后将与人以口实，成为他自己的陷阱。

或许，正是看到了马仲英试图包容不同人等而终究失败，莫小娴更愿意发挥桥梁的作用，即充当"捎话人"的角色。所谓捎话，有两层意思，一是指作为翻译，沟通不同的语言；二是指作为间谍，刺探与获取不同民族国家之间的情报。恰好，莫小娴身兼二者。或者，更准确地说，莫小娴发现自己身具自动习得新的语言的天赋，从而可以在不同语言之间自由穿梭，正因为此，莫小娴得以被不同国家的间谍机关所招纳。为美国人获取苏联的情报，以便美国作战争决策，开启了莫小娴作为"捎话人"的生涯，某种程度上也塑造了莫小娴的政治观念，决定了她微妙的位置。在不同的社会制度之间，莫小娴既明了其优势所在，也目睹了其残酷的一面。她可能无法改变根深蒂固的世界秩序，但她希望通过她的努力，在中间传达一些可以消除分歧的意见，用和平而不是战争的方式处理人与人之间的不同。当然，即使作为"捎话人"，莫小娴依然有她的立场。一个独立的强盛的中国，是马仲英未竟的希望，也是莫小娴的信仰之所在。

在莫小娴的世纪，资本主义在全球的扩张使她惯于用经济的方法解决政治的争端。她也的确获得了成功。然而，对于在网络时代长大的年轻人而言，世界可能又不一样了。至少琥珀就认为，经济全球化并不能解决利益分配问题，也无法消弭争端。这一点已然为当下世界的现实所证明。等待着琥珀们的，又将是怎样的时代呢？小说终止于去政治化的国际少年交响乐团的演出，却把这个问题抛给了读者。

当我们从故事的终点——杜亓的死亡——开始跋涉，穿越漫长的二十世纪，跨越众多民族国家的边界，再次抵达终点的时候，一个硝烟四起、跌宕起伏的世纪宛如画卷般在我们面前缓缓展开。这令人想起霍布斯鲍姆在《极端的年代》里所说的：

> 我们是以男女演员的身份——不论我们的角色是多么渺小，不管我们是如何得到这个角色——回溯在那个特定的时空里，在那个大时代历史舞台之上演的一出戏剧。而同时呢，我们也如同在观察自己的这个时代；更有甚者，我们对这个世纪持有的观点，正是受到那些被我们视为关键时刻的影响所形成的。
>
> ....
>
> 因为当其时也，公众事件仍然是我们生活肌理中紧密的一部分，而非仅是我们私人生活里画下的一个记号而已。它们左右了我们的人生，于公于私，都塑造了我们生活的内容。
>
> ....
>
> 战争是这个时代的印记。这整个时代，就是在世界大战中生活、思想。有时枪声虽止，炮火虽息，却依然

摆脱不了战争的阴影。

从这个意义上说，《琥珀》正是一个让我们认识时代的装置。莫小娴的情感、思想与命运被闻人悦阅深情地叙述，成为我们今天开始新的世纪的起点。这也是小说以琥珀这一代年轻人作为叙述者的意义所在——琥珀这一代年轻人是二十世纪的产物，但他们/我们身处将二十世纪作为否定物或对立物的时代，只有在充分探究莫小娴这一代人的历史之后，他们/我们才能与其和解，进而踏上自己的命运。历史也正是在这样的书写中绵延不绝、生生不息。

尝试理解一个时代

——路内《雾行者》

在路内的写作历程中,《雾行者》无疑占据了特殊的位置。这不仅因为《雾行者》是路内创作中体量最为庞大的一部——某种意义上,体量的庞大往往意味着强盛的叙说愿望以及推动这愿望的更深邃的思考,也不仅因为《雾行者》所叙述的时间最为接近当下——路内的小说时间终于从上个世纪九十年代走入了新的世纪,也因为《雾行者》一改昔日单纯忧伤的调子,变得含混、丰沛与复杂了。这是一个小说家开始走向成熟的标志。有着稳定读者群的路内似乎担心读者们如同小说的人物一样,陷入小说叙述的茫茫大雾中。他不仅在小说中标出了重要的时间点,还在各类访谈中提供进入小说的钥匙,指示读者走出意义的迷雾。于是,小说与围绕小说的各类访谈共同构成了话语的旋涡,也打开了小说的意义空间。作为读者的我们不妨依照路内的指引,踏上"追随她的旅程"。

一

"人口流动看上去是一个现象,但实际上是一场挺大的运动,而且彻底改变了中国。"

人口流动。这是路内理解九十年代的关键词。看上去,路内是一个严肃的观察者。他擅长用社会学家式的目光观察社会,并敏锐地抓住了理解中国当代社会的要害——第六次全国人口普查数据显示,2010年全国流动人口总量达到了2.61亿,较之十年前增长了81%。当然,小说不是冰冷的数据,文学是对数字背后人的情感、思想与行为想象与体认。但无可否认的是,路内据此建立了小说与现实互相指涉的根本框架。建筑于这一认识根基之上的《雾行者》,有了时下小说不多见的现实感和质地清晰的纹路。

《雾行者》犹如摄影机,从不同角度呈现了人口流动所带来的深刻变化。镜头在缓缓拉升,于是,我们看到,随着人口流动,中国社会的空间结构正在发生变化。首先是铁井镇。伴随着周劢和端木云的下车,读者获得了关于这个小镇的第一印象——"远处白色的厂房在暮光中闪耀,烟囱里的白烟向着晚霞的方向漂移。"对于小说而言,这是一个近乎原点的地方,小说中的众多人物都与这一小镇有着或深或浅的关联。作为读者的我们甚至可以从这个小镇寻找到他们的行为逻辑与心理依据。这确实是《雾行者》对中国式"原乡"的巨大改写:

对于这一代年轻人而言，他们心理故乡既不是傻子镇这样的乡土，也不是上海这样的大都市。构成他们的"材料"却是这样的工业小镇。在此，他们将更新关于"自我"的全新认识。事实上，这也是关于小镇如何在九十年代被资本和流动人口改造的"神话"。在资本的大潮涌入以前，这个位于上海、江苏、浙江交界处，只有一万原住民的小镇，古老而宁静，荒凉而乏味。然而，忽然之间，一切都变了。小饭馆、大排档，吃饭喝酒划拳的年轻人，打工妹，固然是混乱、嘈杂、喧嚣，甚至充斥着由旺盛荷尔蒙导致的暴力，但谁又不能说，这恰恰是一种新型经济活力的表征。与之形成鲜明对照的，是计划经济体制下的那些有着重工业范的老苏联风格的厚重敦实的工厂，看上去足以抵抗时间，却在一种新的历史逻辑下衰败下去，失去了活力，取而代之的是铁井镇里那些一夜之间次第涌现的用轻质构件搭建起来的厂房。这是开始于九十年代并决定了今天中国面貌的重要时刻：资本，特别是外资（小说里美仙公司是台企）的大量涌入，使得东部以及沿海发达地区形成了新的再生产空间（这也是小说中铁井镇开发区形成的过程）。为了维持再生产所需要大量的廉价劳动力，大量农民工涌入，城乡关系也随之发生深刻变革。不管周劭、端木云们是否意识到，他们，和那些来自四川、安徽、贵州等地的工人们一起，都构成了生产过程中的一个环节，参与到全球资本主义体系。

那么，接下来的问题是，在新的再生产条件下，生产关系发生深刻变化，这对于作为主体的个人意味着什么？一般意义上，主流的公共议题是呼吁打破城乡之间的制度区隔，促进农民工的自然流动与融入城市。身为小说家的路内却敏锐地意识到在大规模的人口流动下所存在的身份认同问题。传统的乡土社会是一个熟人社会，人的身份与社会关系是恒定的，也为传统秩序所固化。然而，在新的社会经济结构的冲击下，这一社会秩序被打碎。人们在不同的地方之间流动，在一个陌生的环境中，仅仅依靠相关文书才能证明一个人，由此，人的身份变得模糊与空洞了。这就是《雾行者》里所说的"假人"。所谓"假人"，是说他的身份证、学历证书等证明一个人的身份的材料可能是伪造的，是不确定的。固然，有些"假人"要么是因为有前科或者案底，要么是不符合劳动力的门槛，比如学历等，需要伪造一个身份才能在新的社会空间中获得一席之地。好在，路内并没有完全从社会管理或道德立场上对"假人"作居高临下的价值判断。他意识到这种身份的空洞化是这一大规模人口流动时代的衍生物。有的人借此躲避有污点的犯罪前史。有的人，比如林杰，这个在小说里让许多人颇有好感的小伙子是因为被骗，陷入了绝境，于是将过往的经历全部清零，重新以新的身份行走江湖。一个按照自己心愿伪造的假的身份，甚至可以成为通向新世界的大门。小说写到，原名林正旺的林杰花五百元钱到火车站做了一张假身份证，取名林杰，挣了点钱之后回到贵州补办了一张身份证，"口袋里揣着"。这或许就是身份对人的意义吧。也有的人以此匿名实现正义的目的，比如，周劲的初恋女友辛未来正是借此才能成功"卧底"黑心工厂。无论怎样，匿名的流动人口可能是社会秩序的破坏者——小说里若干刑事案件就是证明，也具有了一定的弹性。

所以，从 1998 年到 2008 年，这是一个时代与另外一个时代的裂隙。随着技术日新月异的发展与社会控制的加强，人脸识别与大数据之下，匿名空间已不复存在。从这个意义上说，《雾行者》成为我们观察一个消失了的时代的镜片。

透过这一镜片，我们发现，人口流动与身份的不确定性带来的漂泊感成为一个时代的经典表情。事实上，这也是小说的主题之一。漂浮，不辨方向，从一个地方到另一个地方的无目的流浪，似乎切合了"雾行者"的题中之义。这也是为什么在小说中，"江湖儿女"的切口屡屡出现。它仿佛是一群人的接头暗号，也是他们的心灵自况。"江湖"意味着他们生存与生活着的广袤人间。他们萍水相逢，有可能发展出一星半点介乎友谊与爱情之间的无法命名的情谊，随即又身不由己地消失在茫茫人海。林杰与丽莎的关系似乎就说明了这一点。当林杰被迫逃亡的时候，他来见丽莎，告诉她他很喜欢她，本来要带她走，却不得不单独行动。临走前，林杰说，江湖儿女，萍水相逢。五年之后，当林杰因为杀人而落网，丽莎独自离开，被问到这个朋友是她的男人吗，丽莎也只能答说，江湖儿女。一句"江湖儿女"，或许来自混杂着荷尔蒙气味的录像厅所播放的香港电影，其中有九十年代的青年对于"江湖"这一相对于"庙堂"的社会空间的想象性认同，也隐含了人与人之间无法建立有机的紧密联系的失落与伤感，不免让人百味杂陈。

除了"江湖儿女"，路内还特地构造了"火车"这一意象来描述穿行在时代迷雾的漂泊感觉。周劭的父亲就是一位火车司机，他对少年说，"我想开火车带了你，阿拉两个人一道开到天边去"。这仿佛就是漂泊的序曲，此后不断回响在周劭们的生命中。在《雾行者》中，火车这一象征物不再仅仅意味着"现代""速度"，同时有了属于前现代的伤感气质。小说中的人物往往选择火车，在肮脏的拥挤的人群中，度过极其漫长的时光。"火车就这样开过半个中国，漫长，弛缓，从阴霾直至阳光下。"通过火车，人获得了度过人生和反思人生的机会——"火车一直开着，把过去的一切都抛在身后，即便是昨天，也都像百年之前。""那些开过的火车就是这个世界的常态，是我不可企及的部分，但是偶尔它也会停下，不管出于什么原因，它总之就是停下了，一整天或是一秒钟，就是那个前途渺茫的机会在等我，然而不管火车停下多久，前方世界渺茫这一点不可改变，目睹火车开过和坐上火车去别处是两种完全不同的空虚。"路内以火车映照出那个时代人们因为流动而来的漂泊感，同时，他也拒绝虚假的安慰——漂泊无法获得任何形式的补偿，在大地上漫游的人们并不会因为这种漂泊而获得更为开阔和深邃的见识，对那一代人而言，那只是无可逃避的命运罢了。由此，《雾行者》向我们洞开了流动之后的精神版图。

有意味的是，尽管路内有意在访谈中以一个社会学家的口吻谈论故事所发生的年代，但是，在小说中，他完全抹去了人口流动的政治经济学根源。换句话说，尽管以社会学式的观察作为小说的根基，他竭力避免使《雾行者》成为社会学的注脚。他将那些流动青年的困惑与不安始终保持在个体心灵的层面，而不是提炼为明确的困扰。当小说有可能触及某些公共议题时，路内灵巧地从边缘滑过。从这个意义上说，路内严格恪守着小说作为"心灵史"的价值立场。问题在于，是否存在完全的"去政治化"的心灵？当小说家剥去了心灵与历史、与社会关系网络的缠绕之后，剩下的所谓"精神性"，无论多么纯粹晶莹，都暗示其"人造性"。人的身体和心灵都在以强烈的方式承载社会结构与社会变迁。对于小说家而言，这是一个悖论式的两难命题。面对重大问题，他既不能过分凌空蹈虚，也不能泥足深陷。在这方面，路内至少作出了有益的尝试。

二

"最初将人塑造成型的世界观，既是外向的碰撞，也是内向的探索。"

文学青年。这是《雾行者》的关键词，也是对一部小说的现实感和文学性的巨大考验。老实说，一直以来，我对那些将作家或艺术家作为的主要人物的小说持谨慎的怀疑。我曾经在80后作家的创作中发现这一共同的精神偏好。在一篇文章中，我注意到："在80后的写作中，越来越多的作家、艺术家正在占据主角，成为被观照的对象。"或者，更准确地说，是那些"失败的艺术家"。他们那"不止于此"的灵魂往往被崇敬的口吻描摹为高于一切的，他们执拗而古怪的性格、窘迫而波折的生活仿佛都是献给文艺女神的祭品，是佩戴在胸前的荣誉勋章。鉴于此，我认为80后的作家们是文艺一代。现在，我们在《雾行者》中也遭遇了大量文学青年。路内大概觉得，倘若没有文学青年，就无法打开一个人的思想空间，也就无从呈现一代人的精神世界。

他有可能是对的。某种程度上，这也赋予了这部小说以冗余的文学气质。它挑选自己的读者——文学青年在阅读时可能会有会心的狂喜，而非文学青年则被阻隔于外，甚至觉得莫名其妙。为了将文学青年从媒介场域的"污名化"中拯救出来，路内对他所描述的文学青年做了两方面限定。第一，文学青年不是文艺青年。文艺青年是对大多数艺术门类有好感的那类人，他们往往是艺术的欣赏者而不是创造者。《雾行者》中的端木云等，只执着于文学一种。他不仅是文学阅读者，也是创作者。第二，文学青年不是以文学为业的作家。小说中的一个文学编辑沉铃一开始就对此做出了断言。她认为像李东白和小川这样的文学青年会继续写，成为作家；而端木云和玄雨则不会。"有些内心干涸的作家仍然在写，是由于欲望在驱使，而你们，没有这种推动力，你们并未想过成为作家。"也就是说，文学青年和作家的区别在于，文学青年将小说作为一种表达的方式，当表达的愿望消失了，他们也就停止了。文学是他们的一种生活方式。而作家是熟练地运用小说，将之作为职业的那类人。这一分类难免有粗疏之处，但不难看出，在路内这里，文学青年的位置远在作家之上。

借助文学青年这一形象，路内试图在小说中对文学作自反性思考——"文学是什么？这个问题实际上很冷僻，因为从事文学的人通常不会这么盘问自己，他们被人问，然后回答。某种程度上，无法回答。有时候，答案绕过了问题本身，有时候绕不过去，有时天真有时世故，但基督徒无论真假都不能告诉你上帝是谁，答案只能是旁观的：上帝是那些基督徒的神。"借用这一句式，可以说，文学是文学青年的神。何以如此呢？简而言之，文学对于文学青年的影响至少存在以下几个层面。

首先，文学是青年，特别是位于社会底层，无法获得更多社会资源的青年自我教育的方式。在互联网覆盖人们生活的今天，青年似乎可以从互联网获得自我教益的资源。但是，对于端木云这一代青年而言，整个世界对他们都是封闭的。在端木云的回忆中，在上大学之后，他才开始看了很多小说。对于他而言，这是震惊的时刻。新世界如潮水像他涌来，他发现，自己无法表达的话语已经被一大群人说过了。文学唤醒了他的内在自我，他也开始借助文学塑造这个尚未定形、并不完备的自我。事实上，这不仅是端木云一个人的奇遇，许多文学青年都是如此。可以说，文学是《雾行者》中人物的通行证。想想看，林杰，一个聪明、机灵、处处留情的杀人凶手竟然会留下一本《苏联三女诗人选集》。一个时代的底层青年对文学渴慕，似可得到佐证。

所谓塑造自我，意味着文学潜移默化地改变了他们的语言方式和看待世界的方式。他们用书面语说话。对于姐姐的死，端木用"安息"这个词，而在日常生活中，在他的家乡，"去世"或者"安息"这样的词是无法交流的。文学性的词汇有时候负载着说话人的情感，而有时候仅仅是无谓的装饰，遮挡了事情的本质。他们用比喻的方式认识生活。比如，端木云在到达铁井镇之后对于这个小镇的评价是："这是一个更大的监狱，但这里的人们不像刑徒，而是一支凝固的亡军。"他们将自己所看到的生活与阅读过的文学作品和文学人物建立关联。比如，坐着火车返回安徽老家的端木云在火车停止的时候望着窗外的景色。他感到"有一种比悲伤更沉重的东西横在远方的道路上。他想到了诗人海子。海子是安徽人，十年前的这个时候，他也在铁轨上。这个被虚幻折磨到死的诗人似乎总是能看到道路上的光，有些是喜悦的光，有些是悲伤的光，有些是呼喊着奔走的光。"这使得他们的生活变得失真，他们仿佛不是在生活，而是在经历一部小说。端木云的长篇小说《人山人海》成为小说的收束于是变得顺理成章。

像虔诚的教徒一样，他们要求自己完全忠诚于自己的神，这意味着作品与自我必须具有完全的同一性，否则，就会被视为虚伪。几个文学青年在谈论一个作家新出版的长篇小说时，他们几乎达成了一致的观点。即在认识这个作家之前，觉得小说还不错；但是，在见识了他本人之后，他们认为因为作家显得蠢，他在小说中建立的叙事策略会崩溃。也就是说，在文学青年看来，一个作家的作品与自我是互相阐释、互相说明的。玄雨也是依照这一逻辑批评端木云的小说，她认为他的小说表面上虚无，但事实上，端木云并不虚无，"它不构成你作为一个作家的自我"。这仿佛是对特里林所讨论的历史中的自我之真诚与真实问题的渺远回音。他们严肃地讨论这一类问题，而讨论本身也构成了他们自我认识的核心。然而，当现实洞穿了文学，或者远远超出文学所能想象的残酷边界时，文学青年经由文学所建立的自我也会崩溃。

这就是《雾行者》所塑造的文学青年。他们在文学中获得满足。所谓的满足,指的是,经由文学思维,事物与事物之间得以建立了广泛的联系。生活中的苦役经过文学化的滤镜之后失去了原本沉甸甸的重量,显示出某种可以忍受的寓言性和象征性。在巨大的仓库中寻找不知道是否存在的瓷砖,对一般人来说是惩罚,而在端木云看来:"这样的困境可能只存在于卡夫卡的小说里,又或者被博尔赫斯以另一种寓言的方式书写出来。"这使得他们具有了超越一时一地,超越乏味单调生活的可能。然而,与此同时,他们也发现文学无法穷尽和穿透一切。"海明威的冰山理论展示了小说或深或浅地藏匿于语言之下的另一种物质。(对此玄雨曾表示不屑,小说的一切都是水面上的泡沫,这种说法当然也有道理。)端木云认为,海面之下并不是故事,也不是真相,而是语言,仍然是语言。这语言并非沉默,并非隐匿,并非留白,它似乎是'未被言说'所具有的恒久的不及物状态。如果顺着冰山理论讲下去,海明威谈的似乎不只是提及比例,还有密度的差异。无论如何,未被言说的不及物总是更庞大、更神秘或者更痛苦。"这是典型的文学青年式的思考和语言。说得真好啊,我也忍不住赞叹。类似这样的金句比比皆是,如巨大的冰块漂浮在小说的海面上。文学,与谈论文学本身构成了小说的主要内容。路内相信,这是属于一代青年的核心世界观。然而,遗憾的是,路内未能坚持让这一由文学构建起来的世界观与真实的生活发生直接的碰撞。库管员与文学青年这两种身份,就像周劭和端木云这一对朋友,终究愈行愈远,消失在时代的浓雾中。

《雾行者》于是具有了一种奇异的修辞效果。这些小说世界里的人物，在个人意志的作用下，再次主动将自己小说化，仿佛一张经过多次对焦的照片，在无限虚化之后反而具有了接近真实的力量。

三

"这样一条公路，历史并不长久，它仍然是被塑造的产物，由多条公路拼接连贯而成，并赋予其固定的编号：318。它的空间存在就像时间的拼接术、人生的拼接术。"

关于《雾行者》的一个共识是，这是一部书写时间的小说，或者更具体地说，这是以1998-2008年这十年为描述对象的小说。路内的意图一开始就被强烈地表达了——在每一章的小标题里，都有具体的年份。对此，路内借端木云之口不无抒情地表达："某些年份像大海中的深谷，地壳板块之间难以弥合的边界，解释它们需要巨量的因果关系。"可以说，整部小说就是对这些年份的庞大解释。不仅如此，在小说中，似乎每个人对时间都有一种莫名的感喟。端木云说，有些年份，实在过得太快。周劭则认为，追溯十年的光景却显得捉襟见肘。"十年，很难谈论，十年的漫长和短暂都超出我的预期，只有经历过才会发现，十年，刚好可以用来否定自我。"甚至，每个人都像哲学家一般，共同堆积关于时间的言说。

周劭问自己，什么是时间？或者说，什么是属于我的时间。

童德胜说：属于你的时间分为过去和未来两部分，过去是不存在的，未来也是不存在的，你存在。赵明明说：时间不公平，得靠抢。潘帅说：闲下来的时间就属于我自己了，你说的是这个意思吗？梅贞说：哪有属于你的时间，你是谁，你在哪里，你能分一半时间给我吗？端木云说：这个问题不好回答，门客的时间带有轮回的意味，但也不是轮回，是在两个世界的边界处震荡，仓库是一种象征。辛未来说：当咱们说再见的时候，时间才产生意义啊。

事实上，抽象地谈论时间意义不大。只有在具体的空间中，时间才能显露它自身。从这个意义上说，《雾行者》是一部讨论空间如何被时间形塑的小说。为此，路内构建了三种性质的空间。

首先是铁井镇开发区。正如前面所谈论过的，这是原乡式的存在。原本单调乏味的小镇以其新的经济结构所迸发出来的巨大能量，吸引了大量青年来到这里，云集的荷尔蒙又深刻改变了小镇的面貌。暴力、欲望让人们时时蠢蠢欲动、躁动不安，他们渴望在此获得机会，但也被不安全感所困扰。有意思的是，路内刻意在第五章中为小镇添上了历史的延长线。有关黑魔法的故事让人悚然而惊，也让暴力和死亡具备了某种连续性和宿命感。

然后是C市、H市、T市、K市等，对应了一个个城市。熟读卡夫卡的文学青年对此大约会倍感亲切，但是路内说，这些字母并非简称，而是美仙公司总部对分销城市的编号。换句话说，这些城市因为现代管理方式而被抹去了名字。在这些城市中，仓管员们大抵会遭遇狂暴的自然对人的阻隔。比如，在H市，周劭遇到了暴雪。世界被雪所覆盖，一切都停止下来。这样的情景会让人有世界末日之感。因为暴雪，火车晚点，仿佛是暴雪在阻止人们离开H市。在C市，是海雾。冷而寂静的海雾不断翻涌而来，涌向陆地，淹没了高楼。无穷无尽的海雾也阻碍了周劭和辛未来的"逃亡"。在狂暴的自然背后，都有一个个案件。这使得这些城市有一种与人无涉的强大的压抑力量，是所谓的"荒凉星球"。这也是现代性的后果一种吧。

当然，也有例外，像重庆，也是美仙公司分销城市之一，在小说中却获得了自己的名字。在小说中，重庆的自然风景得到了多次描述。在小说中，这是一个更为自然的，属于前现代的城市。茂密的树林、层层叠叠的吊脚楼、密集的房子、带着人间烟火气的市集，甚至连破败本身都具有了某种质感，使得这座城市有着与人相亲的气质。这是属于人的城市。人们在这里互相寻找，彼此相爱。人和城市由此建立起一种互相依赖的情感关系。这一城市得以从冷漠的拉丁字母的代名中浮出来，获得了自己的名字。

这些现代的、前现代的、倏忽获得历史的能量又转而消失，有着截然不同性质的空间共同存在于人们的生命体验中，构成了今天中国社会的缩影。从1998年到2008年这十年的意义也正在于此：人们在不同的空间中穿行，获得丰富的体验。为了给予这些空间以一定的逻辑和方向，路内将它们一一勾勒出来，这就是318国道。"沪聂线也就是318国道，以上海市人民广场为零公里处（在上海，它就是著名的沪青平公路），经过江苏、浙江、安徽、湖北、重庆、四川，由甘孜自治州巴塘县进入西藏自治区昌都市芒康县，在这里它被称为川藏公路，穿过昌都、林芝、拉萨，最终抵达日喀则市聂拉木县中尼友谊桥。它的走向几乎与北纬三十度线平齐，全长5476公里，是中国境内最长的公路，无所谓，即使它不是最长，也仍然横穿了我的记忆。"这条线必然要有个源头，就像这漫长的讲述势必要有一个终点一样，西藏，喜马拉雅成了小说人物奔赴的终点，与第四章结尾处周劭所向往的麦哲伦一样，成为未来的象征。我以为，这是路内不得已的选择。他很难完全清洗西藏已经过载的符号意义，于一无所有处重新诞生意义。于是，我们看到，文学青年与浩浩荡荡的文艺青年在此合流。他们共同赋予山脉、河流、地方以名字、以意义。这也是经典的现代性时刻：希望被延宕，现在向未来敞开。

《文学报》2020年4月30日

图书在版编目（CIP）数据

创造自我：七十年代生人的文学选择 / 岳雯著.
上海：上海文艺出版社, 2025. -- ISBN 978-7-5321
-8961-8
Ⅰ．I206.7-53
中国国家版本馆CIP数据核字第20248DZ214号

发 行 人：毕　胜
策划编辑：李伟长
责任编辑：江　晔
特约编辑：王瑞祥
装帧设计：付诗意

书　　名：创造自我：七十年代生人的文学选择
作　　者：岳　雯
出　　版：上海世纪出版集团　上海文艺出版社
地　　址：上海市闵行区号景路159弄A座2楼 201101
发　　行：上海文艺出版社发行中心
　　　　　上海市闵行区号景路159弄A座2楼206室 201101 www.ewen.co
印　　刷：苏州市越洋印刷有限公司
开　　本：1240×890　1/32
印　　张：7
插　　页：5
字　　数：145,000
印　　次：2025年1月第1版 2025年1月第1次印刷
Ｉ Ｓ Ｂ Ｎ：978-7-5321-8961-8/I.7057
定　　价：68.00元
告 读 者：如发现本书有质量问题请与印刷厂质量科联系　T:0512-68180628